《幻獣機関》に属する
《アーツェノンの滅びの獅子》の一人。
両目が義眼になっている。

魔王学院の不適合者12〈上〉

MAOH GAKUIN NO FUTEKIGOUSHA

～史上最強の魔王の始祖、転生して子孫たちの学校へ通う～

著†秋
illustration†しずまよしのり

魔王学院の不適合者

登場人物紹介

レイ・グランズドリィ

かつて幾度となく魔王と死闘を繰り広げた勇者が転生した姿。

ミサ・レグリア

大精霊レノと魔王の右腕シンのあいだに生まれた半霊半魔の少女。

シン・レグリア

二千年前、《暴虐の魔王》の右腕として傍に控えた魔族最強の剣士。

イザベラ

転生したアノスを生んだ、思い込みが激しくも優しく強い母親。

グスタ

そそっかしくも思いやりに溢れる、転生したアノスの父親。

エールドメード・ディティジョン

《神話の時代》に君臨した大魔族で、通称"熾死王"。

【勇者学院】

ガイラディーテに建つ、勇者を育てる学院の教師と生徒たち。

【地底勢力】

アゼシオンとディルヘイドの地下深く、巨大な大空洞に存在する三大国に住まう者たち。

Maoh Gakuin no Futekigousha
Characters introduction

【魔王学院】

アノス・ヴォルディゴード

泰然にして不敵、絶対の力と自信を備え、《暴虐の魔王》と恐れられた男が転生した姿。

ミーシャ・ネクロン

寡黙でおとなしいアノスの同級生で、彼の転生後最初にできた友人。

サーシャ・ネクロン

ちょっぴり攻撃的で自信家、でも妹と仲間想いなミーシャの双子の姉。

エレオノール・ビアンカ

母性に溢れた面倒見の良い、アノスの配下のひとり。

ゼシア・ビアンカ

《根源母胎》によって生み出された一万人のゼシアの内、もっとも若い個体。

エンネスオーネ

神界の門の向こう側でアノスたちを待っていたゼシアの妹。

【七魔皇老】

二千年前、アノスが転生する直前に自らの血から生み出した七人の魔族。

【アノス・ファンユニオン】

アノスに心酔し、彼に従う者たちで構成された愛と狂気の集団。

§プロローグ　【～壊滅の暴君～】

一万四千年前――

鬱蒼とした樹海が、銀に輝く海の中を進んでいた。

小さな島ほどもあろうかというその大地には、樹木を中心とした数多くの植物が根を張り、生い茂っている。周囲の銀水は、樹海を避けるように球形の空間を作っていた。

魔眼を凝らせば、大地の底を貫通し、翼のように広がった魔力の根が、銀水を吸い込んでいるのがわかる。

それは、船だ。

樹海船アイオネイリア。多種多様な小世界、数多の魔法に精通した化け物たちが潜む銀水聖海においても、ひどく珍しい船だった。

銀水の中を、普通の植物は生きることができない。しかし、その樹海は銀水を魔力に変え、銀泡の光を吸い込みながら、それらを養分としているのだ。

アイオネイリアの樹海の奥には、銀水から集められた魔力にて巨大な魔法陣が描かれており、そこに船の主がいた。

背が高く、夕闇の外套を羽織った男だ。自然に任せれば、大地につくほど長い銀の髪は、ゆらゆらと水に漂うように重力に逆らっている。

この銀水聖海において不可侵領海の一つに数えられる、二律僭主ノアであった。

彼は頭上を見上げる。樹海は夜だ。アイオネイリアが、景色を生み出している。漆黒の空には、七条のオーロラが冷たく輝いていた。その明かりは樹海の奥まで降り注ぎ、二つの影を地面に浮かばせる。

二律僭主ともう一人、そばに控える執事のものだ。

「僭主」

ロンクルスが言った。

「お心は、決まっていらっしゃるのでしょうか？」

「ああ」

オーロラを見上げながら、二律僭主は言う。

「幼き日の恩に、報いねばならぬ」

遙か遠く、七条のオーロラの彼方にある外側へ、彼は視線を伸ばしていた。ロンクルスは主の言葉を拝聴しながらも、心なしか浮かない表情を浮かべている。二律僭主にもそれがわかったのだろう。彼は視線を下ろし、執事に向き直った。

「卿はわたしが後れを取ると思うか？」

気負いのない口調だ。揺るぎない自負が溢れている。ロンクルスは、主の無彩色の瞳をじっと見つめた。

「我が主は、不敗にして気高く、この銀海に吹く、自由なる風でございます。いかなる死線をも笑みとともに越え続けた二律僭主に、敗北などございません」

一瞬口を噤み、再びロンクルスは言った。

しかしながら——と。

二律僭主は、言葉の続きをただ黙って待つ。

「……しかしながら、彼の人にかけられしは、永劫の呪いです。僭主のお力なら、その影を踏み潰すことはできましょう。けれども、あれは解ける類の呪詛ではないのです。もしも、それを解こうというのならば、文字通り、その根源を懸け、死と滅びを超える必要がございます」

ロンクルスはそう言葉を重ねた。主が思いとどまってくれるようにと。

「方法はある」

「……不可侵領海と呼ばれた名だたる者たちがそれに挑み、そして敗れ、帰らぬ人となりました……」

「ロンクルス」

静かに二律僭主は言う。

「わたしは恩を受けた。それを返しにゆくだけだ」

「幾千の死の壁が御身の前に立ちはだかっていたとしても？」

「愚問だ」

ロンクルスは言葉を失う。忠実な執事である彼が、主の決断に異を唱えたのはこれが初めてのこと。それ以上、ロンクルスには主を引き止めることができなかった。

「……では、僭主——」

「二律僭主がなくなれば、この海域一帯は奴らパブロヘタラの手に落ちる」

ロンクルスの言葉を封じるように、二律僭主が言った。

あるいはそれは、執事に地獄への供をさせぬための命だったのかもしれない。

ロンクルスはその場に跪き、深く頭を下げた。

「守れ」

二律僭主は自らの執事に命ずる。

「待つことはない」

「承知いたしまし――」

突如、激しい衝突音が鳴り響き、樹海に大地震が巻き起こった。

アイオネイリアの進行方向に、突如、別の船が現れたのだ。

その速度もさることながら、膨大な重さの樹海船に立ち塞がるとは、命知らずとしか言いようがない。

通常ならば圧し潰されるのみだが、しかし進路に割りこんできた船は、あろうことか、アイオネイリア相手にもちこたえている。

直後、夜空にかかる七条のオーロラが粉々に砕け散った。樹海船が急速に速度を失い、辺りは暗闇に包まれる。

ロンクルスが、魔眼を光らせた。賊は素早い。今の間に、この樹海船の中にすでに侵入しているのだ。

「排除いたします」

ロンクルスは立ち上がり、右手の手袋を軽く噛んで外す。

「よい」

短く告げ、二律僭主は闇の向こう側へ声をかけた。

「船を壊さなければ、挨拶もできぬか――」

足音が響く。

闇の中から、静かに姿を現したのは、魔族の青年だった。

「――アムル」

ニヤリ、とその青年、アムルは笑った。赤く光った魔眼と体から立ち上る黒き粒子が、それだけで彼の尋常ではない魔力を表している。

警戒していたロンクルスは、侵入者がアムルだと知ると、すぐさま右手に手袋をはめ直す。

「第一魔王、壊滅の暴君におかれましては、ご機嫌麗しく。叶うならば、今後、悪戯で僭主の船を壊さないことを願いたく存じます」

「許せ。なにせ、待てと言って待ったためしがない。こいつはな」

アムルは親指で二律僭主を軽く指す。

フッと彼は笑った。

「久しいな。卿と会うのは、いつ以来だ？」

「ほんの二、三〇〇年ほどだろう」

二律僭主の問いに、アムルは気安く答えた。

「死んだという噂もあったようだが？」

どこでなにをしていたのか、と二律僭主は暗に問う。

「そのわりに、大して驚いた顔でもないな」

「卿が死ぬはずがない」

くつくつとアムルは愉快そうに笑う。それから、答えを口にした。

「絶渦を見にいってきた」

二律僭主は真顔で応じる。

銀水聖海の遙か底、深淵に至った世界にあるのが、万物を飲み込む渦、絶渦である。あるいは悪意の大渦とも呼ばれ、一度渦動すれば、小世界すらも容易く飲み込む。銀水聖海の大災厄だ。

「卿のことだ。凌駕してきたのだろう」

「いいや、まだだ。さすがに一筋縄ではな。それに少々思ったものと違った」

二律僭主は興味を引かれたような瞳を、第一魔王へ向けた。

「いつもながら、卿は面白いことをする」

「それはこちらの台詞だ」

二律僭主の無彩色の瞳を、アムルの視線が射抜く。

「聞いたぞ、ノア。わざわざ滅びにいくそうだな？」

「わたしはただ恩を返しにいくのみ」

「無事、戻れる保証もあるまい。お前が無駄死にするのを黙って見ていると思うのか？」

「わたしが卿以外に敗れると思うか？」

二律僭主と壊滅の暴君、二人の視線が真っ向から交錯する。

数秒の沈黙の後、アムルは地面に指先を向ける。魔力の光にて、大地に一本の線が引かれた。

「この線を越えてみろ」

膨大な魔力がアムルの身体中から噴出し、樹海がガタガタと音を立てて震えた。

「アムル様、お戯れはそのくらいで。そのようなことをする理由が――」

「下がれ、ロンクルス。心配性な暴君は、わたしの今の力を知りたいのだろう。杞憂だとわかれば、笑顔で送り出してくれよう」

二律僭主が魔法陣を描く。

すると、ロンクルスは自身の影に吸い込まれるように沈んでいき、その場から姿を消した。流れ弾を食らわないように匿ったのだ。

「ノア。腕はなまっていないだろうな？」

黒き粒子が渦を巻き、ただ魔力の放出のみで樹海の木々が薙ぎ払われる。同時に結界代わりだった樹木の根が一部吹き飛び、外の銀水が雨のように降り注ぐ。

「卿こそ、絶渦を討ちもらすとは、弱くなったのではないか？」

二律僭主の挑発に応じるように、壊滅の暴君は不敵な笑みを返した。

「試してみるか？」

「《黒七芒星》」

二律僭主は目の前に黒の七芒星を描く。夥しい魔力の噴出が樹海船を激しく揺らし、空気と魔力場をかき混ぜた。

「《覇弾炎魔熾重砲》」

黒七芒星を纏った蒼き恒星が唸りを上げ、壊滅の暴君めがけて撃ち放たれた。

「《黒六芒星(デムド・イラ)》を超えたか。相変わらず、凄(すさ)まじい」

言いながらも、アムルは目の前に魔法陣を描いている。

「こちらもお前の知らぬ魔法を見せてやろう」

魔法陣が幾重にも重なり、砲塔を形成していく。その中心に黒き粒子が荒れ狂い、七重の螺(ら)旋(せん)を描いた。

「行くぞ」

ぼぉっと終末の火が出現する。アムルが砲塔をぐるりと回せば、終末の火が通った空間が滅び去り、黒き灰に変わる。

彼はそれを使い、魔法陣を描いた。二律僭主の放った蒼(あお)き恒星は、容赦なくそこに直撃する。

否、受けとめたのだ。並の小世界ならば滅びてしまいそうなほどの衝撃が、樹海船を激しく震撼(しんかん)させ、黒き粒子と蒼(あお)き粒子が、鬩(せめ)ぎ合っては火花を散らす。

第一魔王。壊滅の暴君アムルは不敵な笑みをたたえ、言った――

「――《極獄界滅灰燼魔砲(エギル・グローネ・アングドロア)》」

§ 1.【前世】

「《極獄界滅灰燼魔砲(エギル・グローネ・アングドロア)》――」

自らの声を聞き、微睡(まどろ)んでいた意識が引き戻される。

次の瞬間――

「はあぁぁあっ⁉」

悲鳴のような声とともに、部屋の扉が勢いよく開け放たれ、血相を変えたサーシャと少し慌てたミーシャが入ってきた。

「ちょっと、アノスッ、起きなさいっ‼　寝ぼけるにもほどがあるわ！」

ベッドの上に飛び乗り、サーシャは眠る俺の体を揺する。気つけとばかりに、《破滅の魔眼》を叩(たた)き込(こ)んできた。

「まったく」

ベッドの脇から、ひょっこりとミーシャが顔を出す。

小首をかしげ、「起きた？」と訊(き)いているかのようだ。

「朝から騒がしいことだ。そんな魔眼(め)で見ずとも、とっくに起きているぞ」

「じゃ、その手はなんなのよっ⁉」

仰向けになりながら、俺が伸ばした右手は複雑な魔法陣を描いている。

「《極獄界滅灰燼魔砲(エギル・グローネ・アングドロア)》だが？」

「《極獄界滅灰燼魔砲(エギル・グローネ・アングドロア)》だが、じゃないわっ！　パブロヘタラを吹き飛ばすつもりっ⁉」

途中まで構築した術式を維持したまま、俺はゆるりと身を起こし、ベッドに腰かけた。

場所はパブロヘタラ宮殿。魔王学院に割り当てられている宿舎の一室である。元首用の部屋のため、他よりも少々豪奢(ごうしゃ)な造りだ。

「夢を見てな」

「……やっぱり寝ぼけてたんじゃない……！　そういうのは、《獄炎殲滅砲（ジオ・グレイズ）》までにしておいてよね」

唇を尖（とが）らせながらサーシャがぼやく。

ミーシャが俺の目を覗（のぞ）いた。

「どんな夢？」

「一万四千年前の銀海だ。《融合転生（ラドビリカ）》によって、記憶が混ざり合うと言っていたからな。ロンクルスの記憶だろう」

俺は自ら描いた《極獄界滅灰燼魔砲（エギル・グローネ・アングドロア）》の術式に魔眼（めめ）を向け、その深淵（しんえん）を覗（のぞ）いた。

「第一魔王、壊滅の暴君アムルという男がこれを使っていた」

サーシャは目を丸くして、ミーシャがぱちぱちと瞬（まばた）きをする。

「ええと、銀水聖海の魔王って、六人全員が大魔王ジニア・シーヴァヘルドの継承者候補で、不可侵領海って話よね……？」

ミーシャはこくりとうなずく。

「あれ？　でも、ちょっと待って。それって、色々おかしくないかしら？」

悩ましそうな顔で、サーシャが自らの頭に手をやった。

「《極獄界滅灰燼魔砲（エギル・グローネ・アングドロア）》は、アノスがミリティア世界で開発した魔法でしょ？　泡沫（ほうまつ）世界の秩序は、それより深層の小世界に流れていくけど、ミリティア世界を知らない第一魔王が、どうやってその術式を知ったのよ？　それに一万四千年前って……？」

「アノスはまだ生まれていない」

ミーシャが言う。

サーシャは俯き、また考え込む。

「深層世界の魔法と考えるのが妥当だろうな」

二人は俺に問うような視線を向けた。

「ミリティア世界の魔法にしては、《極獄界滅灰燼魔砲》は強力すぎる」

ミーシャが小首をかしげる。

「遡航術式？」

「恐らくな」

状況から察するに、それが一番確実だろう。《極獄界滅灰燼魔砲》には遡航術式が組み込まれている。他の世界の魔法律を使っているのだ。恐らくは、深層世界の。

同じ世界の魔法や秩序をもういくつか見られれば、その深淵を覗き、もっと詳しくわかったやもしれぬが、《極獄界滅灰燼魔砲》の術式だけでは、どの世界の魔法律を使っているかも確定できぬ。

単純化して考えるなら、魔法律、術者、術式、魔法効果の四つによって、魔法の深淵は覗くことができる。

そして魔法律、術者、発動した魔法がわかっているなら、残りの一つである術式の意味は自ずと理解できよう。

たとえば世界が一つのみ、ミリティア世界だけだったならば、深層世界から浅層世界へ魔法律を逆流させる遡航術式を、考慮せずともよい。

選択肢はその分少なくなり、俺は《極獄界滅灰燼魔砲（エギル・グローネ・アングドロア）》の深淵（しんえん）を見ている、と思っていた。

だが、そうではないことが判明した今、その意味合いは変わってくる。

ミリティア世界の外側には、無数の小世界が存在し、数多（あまた）の魔法律が存在する。それらは複雑に他の世界に影響を及ぼす。

他の世界の魔法律を知らぬ以上、この滅びの魔法の深淵（しんえん）は覗（のぞ）けぬ。

遡航（そこう）術式一つとっても様々だ。《堅塞固塁不動城（バランディアルタ）》は比較的わかりやすかった。《二律影踏（ダグダラ）》、《掌握魔手（レイオン）》はそれより複雑だ。

つまり、魔法が深くなればなるほどその深淵（しんえん）が覗（のぞ）きにくくなる。《極獄界滅灰燼魔砲（エギル・グローネ・アングドロア）》は、あるいは《掌握魔手（レイオン）》より深いか？

なかなかどうして、底には底があるものだ。

「じゃ、なに？　アノスはミリティア世界にいながら、知りもしない深層世界の魔法律を使って、魔法術式と遡航（そこう）術式を開発していたってこと？」

俺は無言でサーシャに視線を向けた。

「……違うの？」

「ミリティア世界しか知らぬのでは、他の世界の魔法律などいくら魔眼（め）を凝らしてもわからぬ。闇雲に術式を構築していき、たまたまそれが遡航（そこう）術式を組み込んだ深層魔法だったなど、あまりに偶然がすぎる」

数字も読めぬのに、数式を解けと言っているようなものだ。偶然答えが合致する確率が限りなくゼロに近いことは、考えるまでもあるまい。

「なにより、俺が《極獄界滅灰燼魔砲(エギル・グローネ・アングドロア)》を開発したとき、確信があった。ミリティア世界の魔法律をねじ伏せ、終末の火を放つことができる、と」

「……えっと、じゃ、どういうこと…………？」

サーシャが問う。

「この根源は、かつて深層にあった。最初から《極獄界滅灰燼魔砲(エギル・グローネ・アングドロア)》を知っていたのだ」

だからこそ、ミリティア世界にありながら、その魔法に至ることができた。

「……ああ、そっか……。そう、よね……。ファリスがミリティア世界からバランディアスに転生したんだし、別の世界からミリティア世界に生まれ変わる人がいてもおかしくないのよね。銀水聖海じゃ、《転生(シリカ)》は使えないわけだから、記憶がなくて当然だもの……」

言いながら、サーシャはなにかに気がついたようにはっとした。

「――って、それじゃ、アノスの前世は、その壊滅の暴君ってことっ？」

ミーシャが二度、瞬(まばた)きをする。

「バランディアスの城魔族たちが、姿を消した魔王がいるって」

「俺がアムルとも限らぬ。《極獄界滅灰燼魔砲(エギル・グローネ・アングドロア)》が壊滅の暴君にしか使えぬならそれで確定だろうが、そうではあるまい」

二律僭主の体に入っていたロンクルスと戦ったとき、俺が《極獄界滅灰燼魔砲(エギル・グローネ・アングドロア)》を放とうとも、あの男はさして驚いた風でもなかった。

壊滅の暴君の専売特許だったならば、二律僭主の執事であるロンクルスがなにも言わぬとも思えぬ。

「《極獄界滅灰燼魔砲(エギル・グローネ・アングドロア)》って起源魔法でしょ。破壊神アベルニユーと創造神ミリティア、魔王アノスの魔力を過去から借りるじゃない。どの世界の破壊神と創造神でもいいのかしら？」

「問題あるまい」

他の世界にも創造神がいることはわかっている。同様に破壊神も存在するだろう。多少の差異は出るとしても、使うことはできよう。

「……うーん、だとしても、そんなに術者が沢山いるとは思えないけど……」

「俺の前世がわかるなら、母さんを狙った災淵(さいえん)世界イーヴェゼイノともつながるやもしれぬ。確かめる価値はあるな」

「《極獄界滅灰燼魔砲(エギル・グローネ・アングドロア)》を使える人を探す？」

ミーシャの問いに、俺はうなずく。

「すでに死んだ術者をな。そこから辿(たど)り、母さんが災禍(さいか)の淵姫(えんき)と呼ばれている理由がわかれば僥倖(ぎょうこう)だ。そうすれば、コーストリアたちが、母さんを狙った理由も察しがつく」

オットルルーに奴(やつ)ら災淵(さいえん)世界イーヴェゼイノのことを尋ねたが、パブロヘタラの学院同盟に加盟してまもないため、さほど有益な情報を持ってはいなかった。

災禍(さいか)の淵姫(えんき)についても、様々な憶測と噂(うわさ)が飛び交い、正確なことはパブロヘタラにもわからないそうだ。

イーヴェゼイノが隠していると見た方がよい。四の五の言わずにかかってくるのならば、さっさと潰してやるのだがな。今のところ、まるで動きを見せぬ。

「あなたのお母さんも外の世界から転生してきたってことよね？」

「そうでなければ、奴(やつ)らの勘違いだが」

どうにも、そのセンは薄そうだ。

「アノスとお母さんは、どうして深層世界にいたのに泡沫(ほうまつ)世界で生まれ変わった？」

小さく手を上げて、ミーシャが訊(き)く。

「火露(ほろ)は泡沫(ほうまつ)世界から深層へ流出することはあっても、逆はない」

「普通ならばな」

銀水聖海では、火露は世界を渡っている。根源は輪廻(りんね)し、まるで別の世界で生まれ変わる。

その秩序から考えれば、誰もが皆深層へと向かっているのだろう。

「一人や二人、天(あま)の邪鬼(じゃく)がいたところで不思議はあるまい」

すると、ミーシャとサーシャは顔を見合わせ、くすりと笑った。

「なんていうか、あなたとお母様らしいわ。銀水聖海の秩序に逆らって、深層世界から泡沫(ほうまつ)世界に生まれ変わるなんて。特にお母様なんてさっきも――」

あ、となにかを思い出したように、サーシャは声を上げた。

「そうだったわ！　それを言いに来たのよっ」

「どうした？」

「あのね、だから、お母様がなんていうか、その、そうっ、またお母様らしいことをしてるのよっ！　どうしようかと思って、それでアノスを起こしに来たのよ」

ふむ。わからぬ。

「もう。《極獄界滅灰燼魔砲(エギル・グローネ・アングドロア)》のせいですっかり忘れてたわ」

「母さんらしいこととは？」

「パンを焼いてる」

と、ミーシャが言う。

「いつものことだと思うが？」

「あー、とにかく来てっ。説明するより、見た方が早いわっ」

サーシャが俺の手を引く。足元に魔法陣を描き、俺はさっと制服に着替える。

二人に案内されるがまま、宿舎を後にした。

§2.【大海原(おおうなばら)の風(かぜ)】

パブロヘタラ宮殿。庭園。

調和のとれた優雅な園内は喧騒(けんそう)に包まれ、その一角に大行列ができていた。

並んでいるのは銀水学院の生徒たちである。異なる制服を纏(まと)っているところを見ると、それぞれ違う世界の者たちのようだ。

パンの焼ける香ばしい匂いが漂い、食欲をそそる。

「いらっしゃい、いらっしゃいっ！　本日開店、購買食堂『大海原(おおうなばら)の風(かぜ)』だ！　ミリティア産の希望パンは最高に美味(うま)くて、元気が出るぞーっ！」

簡易的に作られた屋台から、威勢よく声が上がった。焼きたてのパンを叩(たた)き売っているのは、誰あろう、俺の父だ。

屋台の奥にある即席のキッチンで、母さんが焼き上がったパンを運んでいるのが見えた。

「なるほど」

「昨日の夜に屋台を作ったみたいだわ」

困ったようにサーシャが言う。

「びっくり」

淡々とミーシャが呟く。

「学院の中ならば、自由に出歩いても構わぬと伝えておいたが、さすがに母さんと父さんだな」

まさかパブロヘタラの生徒たちにパンを売る購買を作るなど思いもよらなかった。

「……どうしようかしら？　あんまり目立たない方がいいのよね？」

「母さんを狙っているのが災淵世界イーヴェゼイノだけなら、逆に安全かもしれぬが」

言いながら、俺は列を回り込み、屋台のキッチン部分に顔を出す。イージェスがなんとも言えぬ顔で、辺りを警戒していた。

「はーい、エクエスちゃんっ！　今日はたーくさんお客さんが来てくれたから、たーくさん焼き尽くしちゃってねっ!!」

『うごごごぉぉぉっ……き、希望が……希望のパンが、焼き上がってしまうぅぅっ……!!』

魔王列車に積んであったエクエス窯を下ろしたのだろう。勢いよく奴は燃え上がり、こんがりとした希望のパンを焼き上げている。

「あ」

母さんが俺に気がつき、小走りでやってくる。

「アノスちゃん、おはよう！」

「盛況だな」

そう告げれば、母さんは嬉しそうにぱっと顔を輝かせた。

「パブロヘタラってすっごく広いのに、宮殿の中でお食事できるところがないでしょ。みんな、お外に行くのが大変そうだから、軽食を買ったり、ご飯を食べたりできるところを作ったらって思ったの」

銀水学院の生徒なら、多少の距離などものともしないとは思うが、まあ近いに越したことはない。

「ほら、学生は体が資本だから。美味しい物を沢山食べなきゃね。アノスちゃんたちは忙しそうだし、とりあえず自分たちでやってみようと思って。あ、ちゃんと、オットルルーちゃんには許可をとったわよ」

ふむ。パブロヘタラは、存外に緩いようだな。

「……余計なことしちゃったかな？」

俺が黙っていたからか、母さんは少々心配そうな表情を浮かべた。

「なに、ミリティア世界の食を知ってもらうよい機会だ」

母さんがほっと胸を撫で下ろす。

「しかし、今日開店でよくもまあ、こんなに人が来たものだな」

「あ、うん。号外で宣伝してもらったからかな？」

ミーシャが小首をかしげる。

「号外？」

「これよ」

母さんが取り出した紙面には魔王新聞と書かれている。

『圧勝！！！　銀城世界バランディアス粉砕!!』との見出しがあった。

その他、主な表題は以下の通りだ。

魔王の右腕、銀城世界の看板を両断す!!　バランディアスの飛空城艦を真っ二つに斬り裂いた聖剣の正体とは――!?　無残！　主神ではない神に敗れた王虎メイティレンは弱かったのかっ!?　なんと銀城世界は泡沫世界へ降格!?　圧倒的なまでの蹂躙の結末!?　本日開店!?　ミリティアの購買食堂『大海原の風』の魅力を徹底分析！　銀城創手ファリス・ノインは元ミリティアの住人？　転生の謎へ迫る！

暴虐の魔王へ独占インタビュー!!　『お前の野望を粉砕してやる』と王虎へ告げていた!?

「なによ、これっ!?　いったい誰がこんな――」

サーシャが声を上げた瞬間、カーッカッカッと頭上から笑い声が聞こえた。

「号外だ、号外だぁーっ!!　パブロヘタラの誰もが勝利を確信していた銀城世界が、ま・さ・か・の敗北っ！　それも泡沫世界へ格下げの、大・大・大、大敗北だぁぁぁーっ！！！」

カボチャの犬車が空を駆け、御者台に乗ったエールドメードが愉快千万とばかりに魔王新聞を地上へバラまいている。

「ご、号外でーすっ！　魔王学院の勝利ですよー」

キャビンの窓から顔を出し、居残りのナーヤもまた一緒に号外を投げている。

「なにやってるのよ、もう……」

サーシャが頭を抱える。

その間にも母さんはいそいそ仕事を続け、焼けたパンを紙袋へ入れていた。

続いて、置かれた絵画の中へ手を差し入れ、よいしょと子虎を引っぱり出す。

「メイティレンちゃん、これ、あっちで待っているお客さんに持ってってくれるかな？」

『……が……にゃあ……』

メイティレンは渋々とばかりに袋を咥えると、待っている客のもとへ走っていく。

園内に一瞬、緊張が走る。行列に並んでいた生徒の視線が、一斉に子虎へ向けられた。

「――おい……」

「ああ、王虎メイティレン。まさか、この号外通り、本当にミリティアの所有物にされているとはな……」

彼らは魔眼を光らせ、メイティレンの深淵を覗く。その本質が、かつてのバランディアスの主神、王虎であることは疑いようがない。

「……しかし、この目で見ても信じられん……我が世界の主力部隊を一瞬で蹴散らしたあの主神が、今は焼きたてのパンを運んでいるなどと……」

「カルティナスがあえて序列を下げるための茶番を演じることはこれまでもあったが……さす

がにプライドの高い王虎が魔力のない人間にあごで使われはしないだろう」

「……では、本当に負けたというのか。あの二枚看板を擁するバランディアスが、パブロヘタラに来たばかりの泡沫世界に……」

「…………認めざるを得まい……。ミリティアの元首アノス・ヴォルディゴード。未知を恐れぬ無鉄砲と侮っていたが、どうやら知らぬのは我々の方だったというわけだ……」

「しかし、だ。なぜ泡沫世界であるミリティアにそれほどの力が備わっている？　奴らは不適合者ではなかったのかっ⁉」

　一人の元首が疑問を飛ばせば、皆、考え込むように沈黙した。彼らは真剣な顔つきで手にしたパンを口へ運んだ。

「それを言い出すなら、別世界の主神を奪い、所有することなどできなかったはず」

「なんでも霊神人剣を所有しているとか？」

「馬鹿め。この号外を鵜呑みにするつもりかっ⁉　奴らが出しているものだぞっ‼」

　生徒の一人が、声を荒らげる。

「貴兄は興奮しすぎだ」

「うぐっ……」

　そう言って、近くにいた生徒がパンを口へ突っ込んだ。

「うむ……」

　もぐもぐと咀嚼して、男はパンを飲み込んだ。

「パンは、そこそこ美味い」

「まあ、不味くはない」

「麦が違うのか？」

「わからん。粉の挽き方かもしれん」

パンの紙袋を手にしながら、なぜ男たちが行列に並んでいるのか、想像に難くない。

二周目なのだ。

「しかし、不思議なものだ。なんというか、このパンを食べているとほんの少し心が晴れるというか」

「ポジティブになる、と号外に書いてあるが？」

「それだな。不思議なパンだ」

「油断するな。我らの胃袋からつかむ策かもしれん」

「それで採算度外視のこの値段か。和睦路線なのだとすれば、悪くない一手とも言える」

男はまた紙袋に手を差し入れる。もう空だ。「ちっ」と彼は舌打ちをした。

「それで、だ。バランディアスが泡沫世界になったのもオットルルーに聞く限り事実。そこは、どう判断するのだ？」

「少なくとも、我々の世界とは違う進化の道を辿っている、というのは確かでしょう。果たして、それを認めていいものでしょうか？」

「まともな世界なら手を結びたいところだが、下手をすればイーヴェゼイノ以上の爆弾を抱えることになるかもしれん。下手に迎合はできんな」

「なあに、まだ気にするほどの存在でもない。パブロヘタラの序列を駆け上がるのは並大抵のことではない。上がることよりも、留まる方がよほど骨が折れるのを奴らはまだ知らん」

「ミリティア世界は、これからパブロヘタラの洗礼を受けることになるでしょう。バランディアスのような張り子の虎とは違う、正真正銘の深層世界の洗礼を」

「我々のように、か」

ニヤリ、と彼らは笑う。

「身の丈を知ってからが、ようやく始まりだ。その後のミリティアの振る舞い次第では、生き残る術を教えてやってもいいだろう」

ミリティアがただの泡沫世界でないことは理解したようだが、どうやら、歓迎とまではいかぬようだな。

まあ、どこの世界でも異物を排除したがる者は多い。

「――ていうか、これ、あんまり広めない方がいいんじゃない？」

「ふむ。確かにな」

俺は号外の記事に視線を落とす。

「インタビューされた覚えはない。記事の書き方によっては、俺の人物像が誤って伝わりかねぬ」

「暴虐の魔王って呼ばせてたくせに、そんなの気にするっ!?」

サーシャが激しくつっこんでくる。

「新聞記事に捏造があっては問題だろうに」

「……そうだけど、絶対気にしてないでしょ。それより、手の内ってこんなに堂々と曝していいのかしら……？　アルカナとか、相手が神族じゃなかったら、無能になるわよ」

「わたしは無能だったのか」

ぬっとアルカナが姿を現し、驚いたようにサーシャが仰け反る。

「あ、えーと、そ、そういう意味じゃなくて、次の銀水序列戦とかあったら」

「問題ない。あえて権能を曝すことで、真に隠すべきことを隠せるのだろう」

ミーシャが小首をかしげた。

「真に隠すべきこと？」

「一回しか使えない奥の手を、こないだ覚えたばかり」

アルカナは真顔で言った。

「すなわち、一発ギャグ」

「無能にもほどがあるわっ‼」

サーシャの鋭いつっこみが飛ぶ。満足したようにアルカナはうなずいた。

「今のは冗談。本当は歌を使った切り札を覚えた」

「っていうと、《想司総愛》みたいな……？」

アルカナはこくりとうなずく。

「リズム芸、らー・せんしあ♪」

「馬鹿なのっ‼　なんで二回もボケるのっ⁉」

くすり、と笑い声が聞こえた。

サーシャが振り向くと、そこに創術家ファリス・ノインとシンがいた。

「賑(にぎ)やかなものですね、新しい魔王軍は」

「あ、あー……。恥ずかしいところを見せちゃったわね……」

「いいえ。これこそが、陛下の作り上げた平和なのでしょう。かつての魔王軍しか知らないこの身が、溶けこめるかは不安ですが……」

「大丈夫でしょう、あなたならば」

そっけない口調ながらも、シンはそう言った。ファリスを歓迎するように、サーシャも笑顔を浮かべる。

「それに、そこまで変わってないと思うわ。みんな明るいけど、能天気ってわけじゃないし」

らー・せんしあ♪　らー・せんしあ♪　ららららら♪　と、能天気極まりないポーズでアルカナがリズム芸の練習を始めた。

「アノスのお母様が狙われてるから、馬鹿なことをしているようで、実はみんなすごく警戒してて」

「カナッち、違う。ステップはこう。両手両足を、クロスッ！」

いつの間にか、ファンユニオンの少女たちが、アルカナとともに、『らー・せんしあ♪』のステップを刻んでいる。

「根っこにあるものは、昔の魔王軍と一緒だわ。みんな、いつでもアノスのために命を懸けられる」

「カナッち、指が二・三ミリ高いっ！　これ、アノス様ポーズだからっ！　アノス様と同化する気持ちで踏んでっ！　命懸けでっ‼」

振り付けなのだろう。エレンは地面に這いつくばり、アルカナに頭を踏ませている。周囲のファンユニオンたちも同じポーズだった。

「だから、あなたはいつも通り絵を描いているだけで、すぐに溶けこめると――」

「そういえば、ディルヘイドから離れちゃったから、アノス様の武勇伝を綴った合同誌の進捗が危ういんだよね……」

「絵描きの子に描いてもらうのはどうだろうか？」

「カナッち天才っ！　ファリス先生ならきっと、手も速いだろうしっ」

「じゃ、じゃ、なに描いてもらうっ？」

「やっぱり、今日のリズム芸だよっ。『ららら・らーせんしあ♪』アノス様バージョン」

「えー、でも、普通っていうか、ファリス先生なら、超絶画力でアノス様の細部の細部まで描き込めるだろうし」

「大丈夫」

大真面目な顔でエレンは重々しく言った。

「これ、漢字バージョンだから」

ファンユニオンの少女たちが、はっとする。

数瞬遅れて、アルカナは言った。

「裸裸裸・裸ー戦士ア？」

「ちょっとどっか行っててくれるっっっ!?」

激しくサーシャがつっこんだ。

§3. 【美】

「腹筋の子は、急に横から口を挟んでどうしたのだろうか？」

アルカナはきょとんとした顔をサーシャへ向けた。

「……ていうか、わざとやってないでしょうね……？」

「またボケに背理してしまったということだろうか？」

アルカナはミーシャを見た。彼女はふるふると首を横に振る。

「練習の成果が出てた」

それを聞き、アルカナは小さく拳を握る。

「やった」

「やったじゃないわ、やったじゃ！　もう。あなたたちのことをなんて説明すればいいのよ？

フォローする身にもなってよね」

頭が痛いとばかりに額を押さえながら、サーシャはファリスの様子を窺う。

「美しきかな」

「……え？」

なにを言われたかわからないといった顔で、彼女はファリスに問うような視線を向ける。

彼は洗練された優雅な所作で、ぱっと日の光に手を掲げた。

「ああ、まさに見えるかのようです。この朝日よりも燦々と輝く、平和の光が。あなたに宿る、それは美しき光。まさに——美」

魔眼を光らせ、半ば陶酔したようにファリスは言った。

「う、美しき……？」

サーシャが恥ずかしそうにしながら、一瞬、俺の方をちらっと見た。

「……そうかしら？」

こくこくと隣でミーシャがうなずいている。創作意欲が溢れ出たとばかりにファリスは手早く魔法陣を描き、そこからキャンバスや魔筆など画材を取り出す。

「描いてもよろしいでしょうか？　サーシャ、あなたを」

「え、うーん、でも……」

許可を求めるように、サーシャはこちらへ視線を向ける。

「頼んだところで興が乗らねば描かぬ男だ。描いてもらえ」

「アノスがそう言うなら、いいけど……」

彼女は満更でもないようにはにかんだ。

「描き上がりましたら、魔王陛下に進呈しましょう」

「え、ちょっと、それはさすがにっ……！」

「なにか問題がおありですか？」

「あ……ええと……」

すると、サーシャは恥ずかしげに俯く。

「……いいけど……き、綺麗に描いてくれる？」

「勿論(もちろん)でございます。この上なくアヴァンギャルドに、美しく仕上げてご覧に入れましょう」

そう口にしてファリスが魔筆を、キャンバスへ向ける。

俺たちは邪魔にならぬ位置へ移動する。

サーシャは気恥ずかしそうにしながらも、優雅な立ち姿をとってみせた。

「違いますね」

一目見ると、ファリスはそう言った。

「違うっていうと……？」

「少々繊細さが勝ちすぎています。それではまるで臆病な少女のよう。もっとこう大胆に、あなたらしく」

「そ、そう言われても、モデルなんてしたことないわっ！」

「これを使うといいでしょう。きっと、助けになります」

ファリスが、紙で作った手持ち道具をすっとサーシャに差し出す。彼女はそれを受け取ると、マジマジと見た。ハリセンだ。

「どう使うのよっ！」

鋭いハリセンの一撃が、ファリスの頭を打ち抜いた。

「あ……ご、ごめんなさ――」

しかし、その瞬間、彼は天啓に打たれたような顔をしていた。

「……あぁ、見え……ました…………！」

一瞬にして、ファリスはキャンバスに魔筆を走らせ、ハリセンを振るう獰猛(どうもう)なサーシャを描き上げる。

まるで獣だ。

「って、綺麗に描いてくれるんじゃなかったのっ⁉　どう見ても、つっこみをしている野獣にしか見えないわっ‼」

標題に『野獣サーシャのつっこみ』と書き加えられた。

「なにタイトルにしてるのよっ⁉」

「美しくあれ」

「どう見ても美しくないわっ！　野獣よ、野獣っ。なんでわたしが野獣なのっ⁉」

「わかりませんか？　なぜこれが野獣であるのか。美しさがなぜ野獣に化けてしまったのか」

そう言われ、サーシャは押し黙る。

「私の絵は、想像と現実の両輪からなる。頭で考えるわけではなく、筆の赴くままに、絵は描かれるのです。アヴァンギャルドはアヴァンギャルドでも、なぜアヴァンギャルドなつっこみ美になってしまったか――」

サーシャを振り向き、真剣そのものの口調でファリスが言う。

「そう、なにかが足りなかったのです。しかし、なにが足りないのか――」

ファリスは再び絵画に視線を向けた。つられて、サーシャも絵画を見る。

数秒の沈黙の後、創術家ファリス・ノインは言った。

「見れば見るほど良いですね」

「野獣の原因どこいったのよっ⁉」

「絵とは不可思議なもの。描こうと思えば描けず、筆を置いた途端に閃きがある。心を静かに、そう美しく。探そう探そうとしているときは、得てして見つからないものです。こういうときは逆に考えるのです」

「逆って……？」

「野獣でもいいじゃありませんか。よくお似合いです」

「馬鹿なのっ！　褒めてるのっ⁉」

そうサーシャが叫ぶと、ファリスは魔筆を彼女に突きつけた。

「わかりました」

「な、なにがよ……？」

「ある少女は、野獣になりたくない、野獣になりたくない、と思い続けました」

サーシャが呆れた表情を浮かべる。

「なんである少女とか回りくどい言い方なの……？」

「野獣のことばかりを考え続けた少女は、いつしか心が野獣そのものとなってしまい、こうして絵となって現れたのでしょう」

「最初は考えてなかったわよねっ！　野獣が先だったわ！」

「絵というものは、求めれば遠ざかる、まさに夢。思いがけないときにこそ、新たな気づきが――」

ファリスは、天啓が下ったかのようにはっとした表情を浮かべた。

「もしかして？」

「……見え……ました……」

野獣サーシャの絵画を見つめ、彼は言う。

「つっこみの美を際立たせるのは、ボケの美。この絵にはボケが足りません」

「ねえ、あなた、最初から、わたしのつっこみ姿を描こうとしてない？」

サーシャが真顔で言うと、アルカナが一歩前へ出る。

「出番だろうか？」

「引っ込んでて」

刹那より速く、サーシャが突っ込んだ。

「鋭いですね」

そのファリスの言葉に、サーシャは嫌な予感がするといった表情を浮かべた。

「あなたが考えた通り、より相応しい人物がここにいます」

ファリスは周囲にいる俺の配下たちをざっと見回す。

そして、一人の少女と目を合わせた。

「ミーシャ。描いてもよろしいでしょうか、あなたを」

ぱちぱち、と彼女は二度瞬きをして、自らを指さす。

「わたし、ボケだった？」

ファリスは朝日に顔を向け、太陽に手をかざす。

「ああ、いと美しきかな、魂の奥底に秘められしは、ボケなる美。創術家としてのわたしの魔眼に狂いがなければ、あなたはそこに至るでしょう」

「なんか、段々あなたがすごい創術家だってことが信じられなくなってきたんだけど……」

サーシャの疑惑の視線が、ファリスに突き刺さる。そんなことはどこ吹く風で、彼は魔筆を手にミーシャを見つめた。

彼女は困ったように首をかしげ、助けを求めるように俺を見た。

「どうした？」

「……どんな顔をすればいいかわからない」

「なに、普段通りにしていればいい。ファリスの絵は、本質を描き出す」

「………ねえ、ちょっと待って、わたしの本質って……」

俺は手をあげてサーシャを制し、しばし待て、と視線を送る。ミーシャが集中しようとしているところだ。

「いつも通り……」

ミーシャが考え込むように俯く。サーシャ同様、モデルは初めての経験か。いざ取り繕うなと言われても、なかなか思うようにはいかぬと見える。

「難しい……」

「では、遠くを見よ」

俺が指さした方向へ、ミーシャはその神眼を飛ばす。

「なにが見える？」

「第七エレネシア」

彼女の視界は遥か彼方へ飛んでいき、この世界を見渡している。

「どんな世界だ？」

「……綺麗……」

ぽつりとミーシャは言う。

「お前の母が創った世界やもしれぬ」

ミーシャの表情が、柔らかく、穏やかになった。まるでこの世界の生きとし生けるものを慈しむかのように。

「よい。それがお前のいつもの顔だ。慈愛に満ち、皆に安らぎを与えてくれる」

「……みんな？」

「ああ」

彼女は俺を振り向いた。

「アノスも？」

「俺が入っていないと思ったか」

嬉しそうにミーシャが微笑む。

「嬉しい」

刹那、ファリスの魔筆が稲妻のように走った。一匹の野獣がいたキャンバスにもう一つの絵が現れていく。

「できました」

ミーシャとサーシャは、キャンバスをじっと覗く。新しくそこに描かれたのは、優しく慈愛に満ちた天使だった。

「いかがでしょう？　思いきってテーマを美しき慈愛に変え、全面的に描き直しをしました。野獣のつっこみも、よりアグレッシヴに――」

「なんで美しき慈愛がテーマで全面的に描き直したのに、わたしは野獣のままなのっ⁉」

サーシャの根源に潜む、つっこみ野獣が獰猛な唸り声を上げる。

「つまりはインプロヴィゼーションであり、私の頭の火花が弾けた瞬間の表現。言って伝わるかはわかりませんが」

ファリスは、ミーシャの顔を次々と魔筆で指していく。

「その神眼――美。その笑顔――美。その瞬き――あぁ、美」

創術家ファリス・ノインは迷いなく言った。

「美美ッときてしまいましたので」

「二千年前の魔族のくせに、頭平和すぎないかしらっ！」

サーシャがたまらずつっこめば、それまで真顔で傍観していたシンが静かに口を開いた。

「ですから、彼なら大丈夫だと言ったでしょう」

「そういう意味だとは思わなかったわ……」

§4.　【洗礼】

庭園に椅子と机を並べ、購買食堂『大海原の風』のテラス席を作った。

ちょうどよいので、ここで朝食とする。

生徒全員分を作るのは母さん一人では手が足りぬため、ミーシャたちが手伝っていた。

そして、皆が殆ど食べ終わったという頃——

「まだ食べる時間あるかな？」

遅れて、レイがやってきた。

制服の上着を脱いでおり、手には霊神人剣を携えている。シャツは汗でぐっしょりと濡れていた。朝から、剣の鍛錬に励んでいたのだろう。

「少しは使いこなせるようになったか？」

希望パンをレイに放る。

それを受け取り、彼は爽やかに微笑んだ。

「油断すると、すぐに根源を持っていかれるんだよね」

魔眼を向ければ、レイの根源は残り一つにまで減っている。珍しく苦戦しているようだが、なかなかどうして充実した顔だ。新たな力を発揮した霊神人剣を振るのが、楽しくてたまらぬのだろう。

「いつハイフォリアの連中が返せと言ってくるかわからぬぞ」

「できれば、完全になった霊神人剣も試してみたいところだけど」

言って、レイはパンを頬ばる。

「さて、機会があればいいがな」

持っていたコーヒーのカップを渡してやれば、彼はそれを一気に飲んだ。

「あー、そういえば、ちょっと気になってたんだけど」

ゼシアの口元をテーブルナプキンで拭きながら、エレオノールが言った。

「バランディアスの人たちとか、ファリスって城魔族じゃなくなっちゃったのかな？　ほら、バランディアスは主神がいなくなって、築城に偏った秩序が消えちゃったでしょ。ファリスはミリティア世界の住人になったから、ミリティアは秩序に偏りがないし」

「これから生まれる者はともかく、すでに生まれている者に変化はないようだ。この後は変わっていくやもしれぬがな」

世界が変わろうと、人は急には変わらぬ。なにもかもが主神に左右されてしまうわけではないということだ。

「レイ。まだ食うのなら持っていけ。そろそろ時間だ」

「じゃ、少しだけ」

レイは大量のパンが入ったバスケットに手を伸ばし、そのまま持ち上げた。

まだ購買食堂に客が残っていたため、父さんと母さんの護衛にイージェスを残し、庭園を後にする。

残りの生徒たちとともに、宮殿の通路を進み、四つの柱に囲まれた場所へやってきた。

転移魔法陣の上に乗り、俺は言う。

「浅層第一」

魔力を送れば、視界が一瞬真っ白に染まる。

「――転移解除」

と、事務的な声が響き、視界が元に戻る。

転移は完了しておらず、俺たちはまだ四つの柱に囲まれた場所にいた。

目の前に裁定神オットルルーの姿があった。

「お伝えするのが遅くなりました。本日から魔王学院は深層講堂に籍を移します」

「あーれ？　小世界の深さで教室を分類しているんじゃなかった？」

不思議そうにエレオノールが尋ねる。

銀水序列戦でバランディアスを倒したが、火露は奪わなかったため、ミリティア世界は浅層世界のままだ。

「深さのみの評価ではありません。講堂の選定は、序列によっても左右されます。より深層の講堂では、それだけ深い魔法、また深淵へと迫るために必要な講義が行われます。浅層世界のものが序列を上げ、中層講堂での講義や訓練を経て、中層世界に進化するというのが一般的です」

序列が先に上がり、その後に世界が深くなる構造ということか。

確か、不動王カルティナスはあえて序列を低くして、浅層世界ばかりを相手にしていると言われていたが、パブロヘタラの仕組みを逆手にとったのだろう。

張り子の虎と揶揄されるわけだ。

「んー、でも、中層講堂を飛ばして、いきなり深層講堂なんだ？」

「深層世界であるバランディアスに勝利したこと。変則的ではありますが、事実上ミリティアに主神が二名存在すること。そして特に、主神である王虎メイティレンを滅ぼしたこと。以上三点をパブロヘタラの規定に則り、評価しました。ミリティアの現序列は一八位です。こちらへ来た当時は最下位の一八三位でした」

「わおっ。沢山上がったぞっ」

エレオノールが言うと、ゼシアが続けて言った。

「いっとうしょー……目指し……ます……」

「うんうん、がんばるぞー」

主神の数が序列の決定に関わるということは、小世界につき、主神は一人とは限らぬということか。

特に一位を目指す理由もないが、一〇位以内に入れば、聖上六学院のイーヴェゼイノにも接触しやすくなる。

序列が上がるならば、それに越したことはあるまい。

「また説明が後になりましたが、前回の銀水序列戦にて、魔王学院は一〇二個の校章を獲得しました。登録した生徒数を上回ったため、パブロヘタラの学院同盟へ正式加盟の権利が与えられます。本日聖上六学院による審査を経て、加盟が完了となります。形式的なもののため、否決された前例はありません」

バランディアスの飛空城艦は一隻三〇名ほどで動かしていた。飛空城艦を武器に粉砕していったついでに、奪っていたのだが、少々取りすぎだったな。

「他にご質問はありませんか？」

「問題ない」

「では、移動します。深層第二」

視界が真っ白に染まり、俺たちは転移した。目の前に現れた第二深層講堂の扉を、オットルルーがゆっくりと開け放つ。

その瞬間だ。扉が開ききるより先に、鋭い刃物が俺の顔面に勢いよく突き出された。素手でそれをつかむ。見れば、それは先端が尖った日傘である。

「やあ、来たね。アノス・ヴォルディゴード」

三つ編みの少女が顔を近づけ、両眼を開く。ガラス玉の義眼が俺をぎろりと睨んだ。

災淵世界イーヴェゼイノの住人、コーストリア・アーツェノン。母さんを狙った二人組の内の一人だ。

「ふむ。なかなか熱烈な歓迎だな」

「ただの挨拶だよ。災淵世界の常識を教えてあげただけ」

「それはそれは、ずいぶんと品の良い世界のようだな」

睨んでくるコーストリアに、俺は笑みを向けて言った。

「ちょうどお前たちに会えぬものかと思っていてな。同じクラスならば好都合だ」

「まさか。聖上六学院は、君たちと一緒に授業なんか受けないよ。私は講義をしにきただけ」

深層講堂にいるのは深層世界の者ばかりだろう。講師役が聖上六学院でもなければ、授業にならぬといったところか。

「なぜ母さんを狙った？」

「君の一番大切なものってなに？」

コーストリアは日傘を引いて、好戦的な笑みをたたえる。

「教えてくれたら、答えるよ」

「平和だ」

即答してやれば、コーストリアは暗い情動に突き動かされたように唇を歪めた。

「じゃ、そのミリティアの平和を──」

「心穏やかにキノコグラタンを食べられる日常、それこそが俺の最も大切な至高の一時。それを奪おうという輩は何人たりとも決して許さぬ」

途端に真顔になり、奴は義眼で俺を睨めつける。

「死んじゃえ」

言い捨て、コーストリアは踵を返す。彼女はふわりと跳躍し、円形の教壇に着地した。

浅層講堂と同じく席は全方位に設けられており、教壇を取り囲むように椅子と机が並べられていた。

「あなたの世界、序列何位になった？」

適当な席までゆるりと歩きながら、俺は答えた。

「一八位だそうだ」

「前代未聞ね」

コーストリアはすました顔で目を閉じる。

「泡沫世界で、元首は不適合者、あげくに世界の意思である主神の力を剝奪してしまったなんて、パブロヘタラの長い歴史の中にも、そんな前例はない」

淡々とした言葉には、けれども聞いているだけで人を不快にさせるような、負の感情が溢(あふ)れ出(で)ている。義眼を潰してやったのを、ずいぶんと根に持っているようだな。簡単に直せるだろうに、なにが逆鱗(げきりん)に触れるかわからぬものだ。

「君たちはこの学院の伝統に背いている」

「つい最近加盟したイーヴェゼイノが伝統を口にするとは面白い」

「うん、幻獣機関はまだ日が浅いよ。だけど、太古の昔からここにいる彼らはどう思うかな？　魔王学院を認めてると思う？　深層講堂の生徒たちが、泡沫(ほうまつ)世界の不適合者なんかを」

一瞬、他の学院の生徒たちが、俺たちに刺すような視線を向けた。

直接口には出さないものの、なかなかどうして、刺々(とげとげ)しく発せられている魔力は、とても歓迎しているといった雰囲気ではないな。

「今日の授業だけど」

含みを持たせて、コーストリアが言う。

「新しく深層講堂に来た学院には洗礼を受けてもらう伝統があるの」

「ほう」

「ただのレクリエーションだよ。心配しないで」

くすりと笑い、コーストリアは続けた。

「ルールは簡単。『構築者』を一人選び、その人は任意の魔法陣を構築する。その他の生徒は『行使者』となって、『構築者』が展開した魔法陣を使って魔法を行使する。構築者が見本を見せるから、それと同じ魔法を発動できたら成功。できなかったら失格。失格した人を除き、構築者を変更して洗礼を続ける」

他者が構築した魔法陣というのは、術式の構築を補助されているに等しい。難度は高いが独力では行使できぬ魔法も、そのやり方なら行使できる。とはいえ、そもそも他人が構築した術式で魔法を使うのは難しい。つまり、魔力の制御と魔法技術を試されるというわけだ。

最も難しいのは、異なる世界の魔法を使うという点だろうな。まして自らの世界より深い世界の魔法を行使するとなれば、普通ならば知識が足りぬ。

新しく深層講堂に来た学院にはずいぶんと不利だな。

「三周して失格にならなかったら、合格だよ」

「不合格なら？」

「序列五〇位、中層講堂からやり直し」

なるほど。

「洗礼とはよくいったものだな」

瞳を閉じたまま、コーストリアはふわりと微笑む。

「安心して。第二深層講堂のトップ、聖道三学院は不参加。小世界における最上級魔法、いわゆる深層大魔法の使用は禁止。一周目は基礎魔法、二周目は下級魔法、三周目は中級魔法に決まってるから」

それでも合格は無理だと言いたげだな。

「話にならぬ」

「逃げるのかな？」

嫌らしい笑みで、コーストリアは言う。

「逃げる？　くはは。寝ぼけるのも大概にせよ。欠伸をしながら合格できては洗礼にもならぬと言っているのだ」

真っ先に反応を見せたのは、コーストリアではなく、他の生徒たちである。かんに障ったと言わんばかりに鋭い視線を放つ彼らを無視し、俺はコーストリアへ言葉を続けた。

「端から聖道三学院など眼中にない。いいから、お前がかかってこい、アーツェノンの滅びの獅子」

「あ、そ。別にいいよ。君がそれでいいなら」

コーストリアの全身から黒き粒子が溢れ出す。それは暴力的なまでの魔力の奔流だ。

「来い。先行は譲ってやる。せいぜい俺が行使できぬ魔法を――」

『「黙れ」』

俺の言葉に割りこむように、強制力を伴う呪いに満ちた声が、大気を劈いた。

振り向けば、ゆっくりと男が立ち上がる。顔の下半分に骸骨の仮面を装着している。その骨の牙から、多重魔法陣が展開されていた。

「名乗らせていただこう。それがしは聖道三学院が一、聖句寺院大僧正ベルマス・ファザット。聖句世界アズラベンの元首である」

大僧正ベルマスは、挑発するような視線を飛ばす。

「喋れぬであろう？　それは我がアズラベンの聖句属性上級魔法《聖句従属命令》。聖なる言ととなる」

葉を聞いたが最後、それ以上の聖句魔法で上書きしなければ、効果が切れるまで命令に従うこととなる」

大僧正ベルマスは俺を指さした。

「聖道三学院など眼中にないとお主は言うたが、我が世界の深層大魔法どころか上級魔法にさえかような始末。ましてや、一足飛びに聖上六学院に挑もうとは、身の程知らずも甚だしい。大人しく普通の洗礼を受け、これからは言葉を慎重に選ぶことだ。わかったら、右手を上げなさい」

奴(やつ)の忠告に対して、俺は無言の笑みを返してやる。

「仕方がないお人だ」

仮面についた骸骨の牙に魔法陣が重ねられる。

『「捻(ひね)り潰れ、吹き飛べ！」』

向かってくる《聖句従属命令(ラ・ガベス)》に対し、俺は発声とともに魔法陣を描いた。

『「お前がな」』

「――――――なっ……」

俺の言葉が、奴(やつ)の耳を通り、その根源を激しく揺さぶる。

「が、ぼぼぼぼぼぉぉ、ぐぼぉぉっ……！！！」

全身から血を噴き出しては捻(ひね)り潰れ、大僧正ベルマスは勢いよくぶっ飛んだ。そのまま彼は壁を砕き、勢いよくめり込む。

体の頑強さを無視して捻(ひね)るとは、なかなかどうしてよい魔法だ。

まあ、欠点も多いがな。

「…………こ、れ……は…………《聖句従属命令(ラ・ガベス)》…………なぜ、だ……？　口を封じられては使えないはず……」

大僧正ベルマスは、不可解そうに俺を睨(にら)む。

「黙れと言うので、静かにしてやっただけだ。こんなものは格下でもなければ、不意をつかねば通じぬ。おまけにかけ損なえば、聖句は容易(たやす)く己の身に跳ね返る。今のお前のようにな」

「……う、ぬ…………」

屈辱に染まった顔で、ベルマスは歯をぎりぎりと鳴らす。最初に飛んできた聖句は、《破滅の魔眼》で睨(にら)み消したのだ。

見たところ、《聖句従属命令(ラ・ガベス)》は口にした命令を実現する強い効果を発揮する分、僅かでも術式が乱れれば途端に力は薄れる。

「不服のある者は前へ出よ」

俺は講堂にいる生徒たちへざっと視線を向けた。

「お前たちの伝統に、俺の洗礼をくれてやろう」

§5．【聖道三学院】

「なるほど」

深層講堂の一角から、重たい声が響いた。

「ミリティアの元首殿は大層な自信があるようだ」

立ち上がったのは、ベレー帽の男だ。

いかにも学者といった雰囲気の彼は、泰然と言葉を放つ。

「確かに汝は只者ではない。ベルマス殿の聖句を返した手並みと言い、治めている小世界といい、異質な存在であることは事実。単騎で王虎メイティレンを圧倒した、というのも、信憑性がある」

手にしている魔王新聞の号外に視線を落としながら、ベレー帽の男は続けた。

「一端の力があることは認めよう。しかし、肝心の知恵はどうかな？　力押し一辺倒で乗り越えられるほど、深層講堂の洗礼は甘くない」

男が号外を指で弾けば、それは空中で燃え、瞬く間に灰になった。

「聖道三学院の一角、思念世界ライニーエリオンが元首、このドネルド・ヘブニッチがそれを教授しようじゃないか」

「まとめて挑みたいというのは不作法さ」

と、今度は顔に派手な化粧を施した男がぴょんっと飛び上がり、机の上に立った。ひょうきんな法衣を纏っており、まるでピエロだ。

「ま、でも、新入りっていうのはそういうもんさ。コーストリアも一緒にやるっていっても、別にオイラは構わないけどね。どうせ、彼女まで順番は回りゃしないのさ」

「なかなか愉快な格好だな。お前も聖道三学院か？」

そう問えば、「そうさ」と答え、ピエロの男はおどけるようなお辞儀をした。

「オイラは粉塵世界パリビーリャの元首、道化一門の導師リップ・クルテンさ」

リップは再び跳躍し、その場でくるんと一回転する。

「いやはや、敵を甘く見る癖はなかなか直らんものだな」

先程まで壁にめり込んでいた大僧正ベルマスが、また元の場所に平然と立っていた。捻り潰された体はすっかり元通りだ。聖句魔法は治癒にも使えるようだな。

「なにせ、それがしの聖句は強すぎる余り、並の者では致命傷となるのでな。手加減しすぎてすまなかった」

他に立ち上がろうという者はいない。

洗礼を行うのは、聖道三学院――聖句世界の大僧正ベルマス、思念世界の元首ドネルド、粉塵世界の導師リップ、それとコーストリアだ。

「参加者の確認を行いました」

オットルルーが床の魔法陣にねじ巻きを差し込むと、深層講堂全体に魔法陣が広がっていく。立体魔法陣だ。ぎい、ぎい、ぎい、と彼女はねじを巻くように、ねじ巻きを回転させる。

「《異界講堂》」

壁や床、天井が青く染まり、辺りは水の講堂へと変わった。体が沈むことはなく、普通に歩くことができる。

「《異界講堂》はパブロヘタラ宮殿の魔力を利用した隔離された講堂です。魔法を行使しても実空間への影響はなく、参加者以外への被害はありません。《異界講堂》の外からは見ること、話すこと、また集団魔法の行使は可能です」

俺の配下たちを見れば、皆体が青く透き通って見える。ミーシャが俺へちょんと手を伸ばすと、それは俺の体をすり抜けた。

「……干渉できない」

洗礼の参加者五名以外は、《異界講堂（ゴゾット）》の外にいるため、傷つけることはできぬというわけだ。

「順番決めよっか？　悪いけど、コーストリアは最後にさせてもらうよ」

ピエロの格好をした導師リップが言う。

「なんでもいい」

コーストリアはそっけなく言うと、円形の教壇から跳躍して、生徒側の机に座った。

「じゃ、今回はこれで」

リップは四枚のカードを取りだし、放り投げる。くるくると回転しながら、それらは教壇の中央に浮かんだ。カードの両面とも、同じ魔法陣が描かれている。

「カードを取って、魔力を送るのさ」

そう言いながら、リップが手を伸ばせば、一枚のカードが彼のもとへ飛んでいった。俺も人差し指で手招きをし、一枚のカードを呼び寄せる。骸骨仮面のベルマス、ベレー帽のドネルドも同じようにしてカードを手にした。

魔力を送る。俺のカードから光が溢（あふ）れ、数字の四を描いた。

「アハッ、外れさ。一番だったら、一人くらい脱落させられたかもしれないのにね」

まるでタネがあると言わんばかりに、ピエロが言う。引いたカードはリップが二、ベルマスが一、ドネルドが三だ。

それが今回の洗礼における『構築者』の順番である。コーストリアは最後のため、俺の後、五番目となる。

「それがしが一番か。では」

大僧正ベルマスが手をかざし、魔法陣を描く。

すると、同じ術式の魔法陣が俺と他の三人の目の前に展開された。

「どうやら、お主は聖句魔法には適性がある模様。したらば少々、趣向を変えさせてもらおう」

ベルマスは手の平に魔力を集中する。

『「呪言属性中級魔法、《斬呪狂言(ザイン)》」』

それは、呪言の刃。

呪いの言葉は、中央の教壇に向けられ、それを斬り刻む。

『「「「《斬呪狂言(ザイン)》」」」』

と、一斉にリップ、ドネルド、コーストリアが唱えた。

魔法陣自体はベルマスが構築しているため、異なる世界に属する三人も行使することができる。

「さあ、聖なる言葉と真逆のこの呪言を、果たしてお主に――」

『「《斬呪狂言(ザイン)》」』

俺が放った鋭い呪言の刃が、円形の教壇を滅多斬りにしてのけた。

「あいにく呪いの方が得意でな」

構築者が放った魔法の深淵と、目の前にある術式の深淵を覗くことができれば、後は魔力と技量次第だ。

できぬ道理はない。

「……まだ一周目だ。小手調べで図に乗るなよ………」

「二度も小手調べをする奴がどこにいる？　いいから、次は深層大魔法で来い。欠伸をしながら合格できては洗礼にもならぬと言ったはずだ」

「深層大魔法を見せて欲しかったら、それなりの力を見せることさ」

二番手、粉塵世界の導師リップがそう軽口を叩いて、魔法陣を描く。先程同様、他の四人の目の前に同じ魔法陣が現れた。

「オイラの魔法は、粉塵ふりまく道化の魔法。真似できるものなら、真似してごらんよ。ほうら、化粧属性中級魔法――」

リップが俺へ指先を向ける。

「《変幻自在》」

魔法の粉が降りかかったその瞬間、俺の右手が腐り、ぼとりと落ちた。

「ほう」

「それはね、化粧した通りの結果を及ぼす魔法さ。傷を化粧すれば本当に血が溢れ、腐敗を化粧すれば腐り落ちる。早く《変幻自在》で元の肌に化粧しないと、大変なことになるよぉ」

《変幻自在(カエラル)》の効果でみるみる俺の体は腐り、崩れ落ち、腐食した黒い錆(さび)と化した。

「アハッ」

リップが《転移(ガトム)》で転移してきて、黒い錆(さび)の前に現れる。

「失敗だね、ざーんねん。治してあげよっか？」

突如、大気を切り裂く獰猛(どうもう)な唸(うな)り声が上がり、黒い錆(さび)から巨大な骨の龍が現れる。絶句したリップに、うねるように体を伸ばし、骨の龍は猛然と押し迫り、鋭い牙を突き立てた。

「失敗したからって、なにムキになってんのさ」

導師リップが魔法陣を描くと、六つの魔法球が出現する。それを両手の指に挟むと、彼は魔力を込めて、骨の龍へと投げつけた。

魔法球は骨の龍を貫通し、その後ろにある水の壁にめり込んだ。

「どんなもんだ――」

途中で言葉を止め、リップはびくんと震えた。俺が、背後から彼の肩をつかんだのだ。

「なにを一人で踊っている？　あれはお前の世界の魔法だろうに」

リップがぎこちなく振り向く。

「……いつ気がついたのさ……………？」

「《変幻自在(カエラル)》が粉で幻影を生み出すだけの魔法ということなら、術式を見た瞬間にな。俺が使う魔法によく似ている」

俺の体が腐食したのは奴(やつ)の《変幻自在(カエラル)》で、そこから骨の龍となって現れたのが俺の《変幻自在(カエラル)》だ。

その魔法は《幻影擬態(ライネル)》と同じく、幻影を見せるだけの効果しかない。

とはいえ、視覚だけではなく、臭覚や聴覚など五感や魔眼(め)にさえ影響を与える。幻影の見極めは困難だ。

《変幻自在(カエラル)》をよく知っているリップさえ、欺けるほどに。《幻影擬態(ライネル)》の上位魔法といったところだろう。

「なるほど。《変幻自在(カエラル)》を食らっても動じないところを見ると、洗礼のルール上、相手の魔法による妨害が入る可能性を折り込み済みだったか」

思念世界の元首ドネルドが言った。

「魔法効果の説明が嘘(うそ)だとも見抜いた。どうやら頭もそこそこ回るようだ」

彼やコーストリアたちも、今のいざこざの隙にすでに《変幻自在(カエラル)》発動をクリアしている。

次は三番手、ドネルドが構築者となる。

「言語や化粧を用いた魔法はお手の物と見えるが、それでは思念はどうかね?」

ドネルドが魔法陣を描く。他の四人の目の前にも同じ魔法陣が構築された。

「君の力に敬意を表し、我が世界における思念属性上級魔法を見せてあげよう。思念による魔法制御は、普段は使わない意識の底の領域を使用するため、耳に聞こえる言葉や目に見える化粧とは難度が違う」

ドネルドが《創造建築(アイリス)》の魔法を使い、教壇にざっと一〇〇体の人形を並べた。

皆、人間並の大きさだ。

「説明しよう。これが我が思念世界において、一流の魔法使いと認められる証(あかし)、《思念並行憑(リクスネ)

魔法が発動すれば、一体の人形が動き出し、口を開いた。

「わかるかな？　操っているわけではない。このドネルドの思念が直接人形に乗り移ったのだ」

「無論、本体もこうして動くことができる」

人形の声と重なるように、今度はドネルド本体が喋る。

「人形に乗り移るまではできたとて、その先は簡単なことではない。なぜなら、《思念並行憑依》に必要なのは、別々のことを同時に考える並行思考だ。君は割り算をしながら、同時にかけ算ができるかな？　思念魔法を極めた私ならば――」

ドネルドが指を鳴らせば、一〇〇体の人形がそれぞれ意思を持ち、別々に動き出した。

「この通りだ。さあ、一体でも制御できるなら合格と――なっ……!?」

ドネルドとその人形一〇〇体がまさに驚愕といったように、あんぐりと口を開いた。

俺の席では、《創造建築》で作った人形が一〇〇体、それぞれ別々の格好で、眠たそうに欠伸をしている。

「……わ、私と同じ、一〇〇体同時並行思考……」

足を組み、頬杖をついて、俺は言う。

「欠伸が止まらぬぞ、ドネルド・ヘヴニッチ」

俺の一〇〇体の人形は、手を床につき、逆さになっては激しく踊り始めた。

「ば……ビッ……!?　……」

感嘆したように奴は踊る人形に視線を向ける。

「《思念並行憑依》は、分けた意識を人形に憑依させるようなもの……操り人形ではなく、それぞれが術者の思考で動き、五感も直接返ってくるが、それだけに、同調した動きをするなら、普通のダンスと同じだけの難度――いや、それ以上の思考訓練が必要……それをこうも容易く、だが――!!」

ぎらりと魔眼を光らせ、奴の人形が次々と逆さになった。

「思念世界が元首、このドネルド・ヘヴニッチ、《思念並行憑依》で路傍回転舞踊ぐらいできぬと思ってかっ……!」

激しく奴の人形が踊り始める。

「ほう。そちらの世界では路傍回転舞踊と言うのか。では、ミリティア世界でのこれの名を教えてやろう」

俺は人形とともに、机の上に頭をつき、手を離しては足を広げ、その場に高速で回転した。

「――路辺回転舞踊だ」

「……ぬっ、ぬうぅ……!!」

すでに俺は《思念並行憑依》を行使した。

俺と奴の対決をよそに、他の三人も普通に《思念並行憑依》の発動を終えている。

さっさと次に進めばいいだけのことだが、それは思念世界を治めるドネルドのプライドが許さなかった。

「なんのっ、これしきぃっ!!」

奴の人形が床に頭をつき、その場で回転を始める。即座にドネルドもベレー帽を投げ捨てると、机に頭をつき、激しくヘッドスピンした。

「思念世界が元首、この百識王ドネルド・ヘヴニッチを甘く見るな!!」

「遅い」

奴のヘッドスピンをよそに、俺は回転速度を三倍に上げた。

「ま・だ・ま・だぁぁーっ!!」

百識王ドネルドは、負けじと俺の更に三倍でヘッドスピンした。

「うりゃあああああぁぁぁぁぁぁぁぁぁ!!!」

「ほう。なかなかどうして、聖道三学院というのも伊達ではない」

首にぐっと力を入れ、俺は人形とともに逆さになったまま飛び上がる。

「褒美をくれてやろう」

「……なっ……首で飛んだっ……!?」

跳躍しながらドネルドの四倍の速度で回転すれば、それを見ていた創術家ファリス・ノインが言った。

「――あぁ、まさしくあれは偉大なる魔王陛下がもたらす回転の美」

「ちょ・こ・ざ・い・なぁぁぁぁぁぁぁっっっ!!!」

ドネルドは俺と同じく首の力だけで跳躍した。そして、見事に四倍ヘッドスピンを決める。

ニヤリ、と奴は笑う。その直後だった。次々とドネルドの人形たちが落下して、ヘッドスピンの制御を失った。

「な、に…………⁉　これは…………⁉」

ドネルドも真っ逆さまに落下し、頭が机についた瞬間、ぐきっと首を捻った。

「ぐふぅぅぅっ……‼」

「確かにお前は一〇〇の並行思考を難なくこなす。本体が平常な状態にあれば、な」

バタバタと百識王の人形たちが、その場に崩れ落ちていく。

「あまりに速すぎるヘッドスピンが、お前の並行思考を乱し、《思念並行憑依》の暴走につながったのだ」

一言で言えば、目を回した。

頭で机に着地し、腕を組みながらも更に回転速度を増し、俺は百識王ドネルド・ヘヴニッチに言葉を突きつける。

「……ぬ、ぬ……ぬぅぅ……」

「並行思考は互角でも、頭の回転は俺が速かったな」

§6.【深層大魔法】

体の回転をぴたりと止める。

《思念並行憑依》の魔法を解除し、一〇〇体の人形を消した。

「ふむ。俺の番か」

そう口にするや否や、大僧正ベルマス、百識王ドネルド、導師リップは身構え、魔眼を光らせた。

どんな術式だろうとその深淵を覗き、行使してやると言わんばかりだ。

「来るがいい。先の屈辱、今度は君にお返ししよう。あらゆる魔法に精通する、この百識王の名は伊達ではないぞ」

百識王ドネルドが捻った首をゴキゴキと鳴らし、

「オイラも新入りにやられっぱなしじゃ癪だからね。今度はアンタを驚かせてあげるさ」

導師リップは、魔力を込めた指先で目の周りに隈のような化粧を施す。魔眼を強化する術式だろう。

「ずいぶんとかぶいたものだが、回ろうと回るまいと結果は同じ。あくまで一周目を突破しただけだ。次は更に難度を上げる。お主の順番で、一人くらいは脱落させなければ二周目で終わりと思いなさい」

大僧正ベルマスがそう減らず口を叩く。更に百識王ドネルドは、首に手をやりながら言った。

「といっても、この深層講堂であらゆる魔法を見てきた我々にとっては、浅層世界の魔法など至極簡単。一つ、アドバイスをしておこう。先に我々が構築した魔法陣こそが、すなわち我々が不得意な魔法を知る鍵となる。しかし、君が一番脱落させるべきは、まだ魔法を見ていない聖上六学院のコーストリア氏だ」

理路整然と説明を続けながらも、ドネルドは俺に揺さぶりをかけてくる。

「我々三人の内、誰か一人を確実に脱落させられそうな術式を選ぶもよし、一か八か、一番厄介なコーストリア氏が行使できなさそうな魔法に賭けてみるもよし。まあ、君はできないと言われればやりたがる性分に思えるが、どうかな？」

俺のプライドをくすぐり、コーストリアに狙いを絞らせたい、といったところか。

要は、自分たちの不得意な魔法を使われたくはないのだ。情報がない彼女を脱落させるのは至難。まんまと全員で生き延び、二周目に入る、というのが恐らくは百識王が描いたシナリオだ。俺の力ならば、聖道三学院の弱点を看破し、その魔法を選択できると評価してのことだろうが、甘い。

奴はまだ俺を侮っている。

「パスだ」

沈黙が辺りを覆った。

一瞬、彼らはなにを言われたかわからないといったように呆然とする。

「……パスとは？　どういうことだ、それは？」

大僧正ベルマスが問う。

「まだお前たちの深層大魔法を見ていない」

俺は首の力で跳躍し、くるりと回って机の上に着地した。

「我が魔王学院はこの銀海に出たばかり。深層魔法の知識が心許ない。これでは新たな魔法も作れぬ」

そう口にすれば、奴らは目に見えてはっきりとわかるほど憤りをあらわにした。

「君の力は十分に評価する。我々とは異なる進化を経た小世界、どうやら、想像以上にこちらの物差しでは計り難い。しかしね」

　百識王ドネルドは言った。

「アノス君。さすがに、それは不遜がすぎるのではないかな？」

「お前たちこそ、俺が泡沫世界の元首だからと知らず知らず頭の中で限界を定めてはいないか？　これ以上はありえない、とな」

　ドネルドは一瞬押し黙る。

　俺はゆるりと指先を向け、コーストリアを指した。

「さあ、次はお前の番だ。さっさと来い」

　すると、すました顔で彼女は言った。

「私もパスするよ」

「ほう」

「君が彼らを怒らせた。きっちり片付けたら、相手してあげる」

　そう言って、高みの見物を気取るように彼女は机の上で足を組んだ。

『「《聖句封印解除》」』

　聖句を口にすると、大僧正ベルマスの全身から、文字の形をした魔力が夥しいほどに溢れ出す。

『「ドネルド、リップ。残念ながら、お二人の出番はない。お主らにも発動することのできぬこの魔法を使うのだから――」』

　言葉が魔力を持ち、それが五人分の多重魔法陣を形成する。聖句が講堂中に反響し、声が目に見えて具象化するほどの凄まじい力を発揮する。

「くはは。そいつを待っていたのだ。さあ、見せてみよ」

『「いいえ、とくと聴きなさい」』

奴がただ喋る。

ゴォン、ゴォン、と鐘の音に似た音が幾重にも重なり、反響した。

『「聖句はやがて至上の真理に変わりゆく。この調べは、深層三一層、聖句世界アズラベンの歴史上ただ二人しか発することのできない無常の響。千年にわたる瞑想を経て、悟りを開いた者のみが到達する頂』」

その言葉の一つ一つが聖句となり、魔力が講堂中に充満していく。

『「さあ！　拝聴せよっ！　この深層大魔法——」』

骸骨の仮面が、顔中を覆うように変形した。

『「《祈希誓句聖言称名》ツッツ！！！」』

響き渡ったのは清らかな言葉と声。それと同時に、すべての机が砕け散り、椅子が吹き飛んだ。深層講堂がガタガタと音を鳴らして揺れ、物という物が弾け飛んでいく。

それだけではない。こうしてここに立っているだけで、体に強い圧力を感じる。

魔法？　いや、違う。

これは、この第七エレネシアの秩序による力だ。

「《祈希誓句聖言称名》は、神を称える聖句魔法なり。任意の神性を高めるこの魔法は、聖句が届く範囲で神の秩序や権能を強化せしめる。今それがしが称えしは、この第七エレネシアにおける破壊神ウォーザーク。おわかりか？」

けたたましい音を鳴らしながら、《異界講堂》の壁という壁が崩れ落ちていく。

「なにもせずとも、場が滅んでいくほど破壊が強まったこの領域で、攻撃魔法を放てば、結果は明白。局所的には中層世界の秩序力を、深層世界レベルまで引き上げる。これこそ、我が聖句世界における深層大魔法であるっ！　到底、真似できる代物では――」

ゴォン、ゴォン、と鐘の音に似た音が反響した。

「――な……ま……ま、さか……これは……この音はぁっ……!?　まさか、そんなはずがぁぁっ……!?」

『《祈希誓句聖言称名》』

俺の言葉に、深層講堂が震撼する。

あまりの振動に立っていられず、ベルマスは咄嗟に柱にしがみついた。

「むっ、無常のぉぉっ、響おおおおおおおおおおおおおおおぉぉぉぉ……!!!!」

俺が使った《祈希誓句聖言称名》により、二つの秩序が鬩ぎ合い、ガタガタとこの場を激しく縦に揺らした。

まるで巨人が上下に振る箱の中にでも入っているかのようだ。

だが、破壊は一切起こっていない。物質がより頑強になっているからだ。

「破壊に耐えうるように、堅固の秩序を称えてやれば、力は釣り合い、崩壊は起こらぬわけだ」

もっとも、平素の安定した秩序とは違うがな。

「……ば、馬鹿……なぁ…………いかに、それがしが魔法陣を構築しているとはいえ……こんなことができる者が、聖句世界以外に…………」

「次だ」

「…………な、に……？」

「これで終わってしまっては残りの二人に不服があろう」

導師リップと百識王ドネルドは、《祈希誓句聖言称名》を行使できない。

ルール上は脱落となるが、それではつまらぬ。

「許す。俺に一矢報いてみよ」

「気前がいいねえっ。それじゃ、お礼に」

導師リップが、足元に多重魔法陣を描いていた。

「たっぷり後悔させてあげるさぁっ！！！」

大量の魔法の粉が広がっていくと、辺りは化粧を施されたように、がらりと姿を変えていく。

《界化粧虚構現実》

あっという間に講堂は消えてなくなり、俺とリップは荒野にいた。

他の者の姿は消えており、空には七つの月が浮かんでいる。

俺たちは先にパブロヘタラの立体魔法陣が生みだした《異界講堂》にいたはずだが、それを上書きするとは並大抵の魔法ではない。

「ようこそ、魔法の使えない世界へ」

リップがピエロのように、おどけて笑う。

「粉塵世界パリビーリャの深層大魔法《界化粧虚構現実》は、世界を思い通りに化粧する。この場所じゃ、もう魔法は使えないさ」

「ほう」

魔法陣へ魔力を送ってみるが、確かに、なんの反応もない。

「言った通りさ。オイラだって使えないんだからね」

リップが魔力を放とうと手を振るが、やはり同じだ。なにも起こらぬ。

「なるほど。自らもリスクを引き受けることで、格上の相手だろうと魔法を封じることができる――」

得意気にリップが笑う。

「――と、信じさせたいようだな」

リップの笑顔が引きつった。

「《界化粧虚構現実》は、その領域にいる者が信じることにより、領域の秩序を決定する。つまり、俺とお前がここは魔法が使えぬ世界と了解すれば、本当に魔法が使えなくなるわけだ」

俺は魔法陣へ魔力を送る。

「魔力が見えぬのは、ただの幻覚にすぎぬ。《変幻自在》と同じく五感も魔眼も騙しているが、実際には魔力は送られている」

俺の足元に多重魔法陣が描かれ、そこから魔法の粉が一気に広がった。

「《界化粧虚構現実》」

俺が使ったその深層大魔法により荒野が上書きされ、あっという間に草原へと化粧された。

勢いよく風が吹き、千切れた無数の草が宙に舞う。

「……アノス・ヴォルディゴードだっけ？」

リップは呆然と呟き、ピエロの顔を俺へ向ける。

「アンタ、何者なのさ？　オイラの深層大魔法が、こんなに簡単に見抜かれるなんて」

「なに、本来は搦め手を必要とする魔法だろう？　真っ向から術式を見せるだけの洗礼のルールには、あまり適しているとは言えぬ」

この深層大魔法のキモは術者の狙いをどこまで相手に隠せるかだ。それが決まりきっている洗礼では、本来の力は発揮できぬ。奴も承知の上だっただろうがな。

《界化粧虚構現実》を解除すれば、魔法の粉がキラキラと飛び散っていき、元の《異界講堂》へ戻った。

「次だ」

「無論――そうだろうと思って準備をしていたよっ！　魔法技術に秀でた導師リップでも、君を上回ることはできないだろうとねっ！！！」

百識王ドネルド・ヘヴニッチの頭からゆらゆらと思念波が漂う。それは魔法線だ。後ろに座っている彼の学院の生徒たち、一〇〇余名とつながっている。

「認めよう。アノス・ヴォルディゴード。君は魔法のスペシャリスト。その君を魔法で上回るには、技術や魔眼で勝負してはならない！　純粋な魔力の強さと量こそが、唯一、魔の神髄を実現する君を制すっ!!」

尋常ではない魔力が、ドネルドの周囲に渦を巻き、赤きオーラを立ち上らせる。思念と思念が同調することで、全員の魔力が数倍にも膨れあがっている。百識王はそれを一滴残らず、魔法陣に注ぎ込んでいた。

「見るのだ。これこそ、我ら百識学院一〇八名にて魔力を振り絞り、初めて成る思念世界ライニーエリオンの、深層大魔法――」

ドネルドから放たれた思念が、像をもち、実体化していく。

「《剛覇魔念粉砕大鉄槌》ッッッ!!!」

巨大な思念の大鉄槌が、ダッガアアァァァンと叩きつけられ、教壇を粉砕する。それだけの威力ならば、他に被害が広がってもよさそうなものだが、教壇以外は僅かに床がひび割れる程度だ。

破壊対象が限定されている。

「……はぁ…………はぁ…………」

大量の魔力を一気に放出したドネルドは、肩で大きく息をする。

「どうかね? 絶対粉砕の力を宿した、思念の大鉄槌は。破砕できぬものなきこの魔法、君たち魔王学院が真似でき――」

ドネルドが、呆然と目の前の光景を見つめた。奴が生み出した物よりも二倍ほど大きい思念の大鉄槌がそこにあった。

「う、あ……あ、あ……」

「《剛覇魔念粉砕大鉄槌》」

ドッガッゴオオオオオォォォォンッと、俺の大鉄槌は、奴の作りだした大鉄槌を上から叩きつけ、粉々に粉砕した。

「ば…………が…………ご…………」

思うように回らぬ口で、ドネルドはかろうじて言葉を絞り出す。

「…………ご…………《剛覇魔念粉砕大鉄槌》を、たった……一人で…………」

「粉砕するというイメージ、思念の力にて絶対粉砕を成し遂げる大鉄槌か。物質よりも、魔力や魔法を破壊するのに適している。本来は相手の攻撃魔法、あるいは魔法障壁を粉砕する深層大魔法といったところか」

俺は手をかざし、多重魔法陣を描く。

「では、俺の番だな」

同じ術式のものを、他の四人の目の前に展開する。

黒き粒子が、俺の体から立ち上り、激しく渦を巻き始めた。

「これが行使できるなら、二周目の失敗はチャラにしてやるぞ」

果たして、銀水聖海では何人ほどの使い手がいるのか。

言葉で聞くより、見た方が早い。

なにより、確かめておきたいのはコーストリアだ。

俺は《飛行》にて天井近くへ飛び上がり、多重魔法陣の砲塔を真下へ向ける。

「《極獄界滅灰燼魔砲》」

§7.【滅びの理】

世界を滅ぼす終末の火が、ぽとりと静かにこぼれ落ちる。その瞬間、俺は右手に魔力を集中し、魔法陣の砲塔を動かす。

夢で見たあの光景が現実ならば、この魔法にはまだ先がある。

「――確か、こうだったか？」

終末の火が空間さえも燃やし尽くし、夢の中、壊滅の暴君アムルがやったのと同じように、黒き灰の魔法陣を描く。《極獄界滅灰燼魔砲（エギル・グローネ・アングドロア）》を触媒とし、滅びの魔力がそこに集い、膨れあがった。

聖道三学院が三元首、リップ、ドネルド、ベルマスはその滅びの魔法へ魔眼（め）を向けながら、愕然（がくぜん）とした表情を浮かべた。

「……なに……さ……？　あの禍々（まがまが）しい魔法は……!?」

「……わからぬ……！　見たことも、聞いたこともない……。この百識王ドネルド・ヘヴニッチをして知らぬ魔法とは……まさか、我が世界より深層の…………!?」

「……う……ぐぐ…………え、ええいっ！！！　いかに未知の深層魔法とて、今更ここで引けるものか……!!」

大僧正ベルマスが、俺が構築した魔法陣に手を伸ばし、深淵（しんえん）を覗（のぞ）く。一から魔法を使うならばともかく、この洗礼のルールでは十分な魔力と技術、素質があればできるはずだ。

「ぬぅぅっ！　潜らねば見えぬものもあるっ……！」

「一か八か、やってみるさっ……！」

続いてドネルドとリップが手を伸ばし、魔法の発動を試みる。

三人が決死の表情で、《極獄界滅灰燼魔砲(エギル・グローネ・アングドロア)》の魔法陣を掌握しようと、その深淵(しんえん)へと沈み込み、そして撃ち放とうとした瞬間——

その力が暴走を始めた。

「う、お・お・おぉ……な、んだ……？　まるで魔法が思い通りになら——」

百識王ドネルドが異変を察知した直後、導師リップに終末の火が燃え移った。

「……こんな……!?　力が外から流れて……!?　ただの魔法陣から、オイラ以上の魔力が勝手に……!?　なんなのさこれはっ……!?　こんなの、こんなのいったい、どうやって制御すればっ……!?」

「……ぐ、う、これしきでそれがしの……う、うが・あああああああああああああああああああああああぁぁぁあああああああああああぁぁぁ……！」

ベルマスの右腕が暴走する終末の火によって、ボロボロと崩れ、灰に変わっていく。

「だ、めだ……御しきれぬ……このまま消すしか……なぁっ……!?　ば、馬鹿な。火が、消えぬ……!!　魔法の停止が、できぬ、だと……!?　これは、ま、まさか……？　止まれ、止まれ止まれ……止まれ、止まれぇぇ、止まってくれぇぇぇぇぇぇぇぇぇ……！！」

百識王ドネルドの体が、黒き火に包まれた。

「う、うおおおおおおおおおおおおおおおおおおおお

おおおおおおおおおおおおおぉぉっっっ!!!!」

　奴(やつ)は助けを求めるように思念波の魔法線にて、配下から魔力をかき集める。

「う、腕がぁあっ、右腕がぁ、再生もできんなどとっ……！　お、おのれぇぇぇぇぇっ……!!　消えろぉぉおっ、消えろおおおおおおおおぉぉぉっっ！！！」

「でぇぇぇぇぇぇぇぇぇぇぇぇぇぇぇぇぇぇぇぇぇぇぇぇいっ！！！」

　聖道三学院の三名が、全身全霊にて《極獄界滅灰燼魔砲(エギル・グローネ・アングドロア)》の魔法陣を破棄しようと試みる。

　暴走する魔力。荒れ狂う終末の火。パブロヘタラの立体魔法陣によって構築された《異界講堂(ゴソット)》は灰と化し、みるみる崩壊していく。

　そのときだ。

　これまで静観していたコーストリアが、静かに左眼(ひだりめ)を開いた。ガラス玉の義眼には、俺が描いた洗礼用の魔法陣が映っている。

　彼女は指先を伸ばすと、魔力を送り、一度だけ瞬(まばた)きをした。薄紅色の唇が開かれ、そっと囁(ささや)く声が漏れた。

「《極獄界滅灰燼魔砲(エギル・グローネ・アングドロア)》」

　その言葉とともに、コーストリアは自ら多重魔法陣を描いて、砲塔を形成した。

　終末の火がぼぉっと出現する。そうして、俺がしたのと同じように、黒き灰の魔法陣を描いてみせた。

「ほう。俺が用意した魔法陣ではなく、自力で《極獄界滅灰燼魔砲(エギル・グローネ・アングドロア)》を使うとはな」

　アーツェノンの滅びの獅子(しし)は、俺と同質の魔力、酷似した根源を持つ。隻腕の男は、兄弟と呼んできたが、あるいは本当にそうだったのかもしれぬな。

しかし、一つ引っかかる。

あの義眼――《極獄界滅灰燼魔砲》を行使する前に、一瞬だけ魔力がこぼれた。

なにかしら、魔法を使ったのだろう。だが、なんのために？

少なくとも、《極獄界滅灰燼魔砲》を使うためには、必要のない行為だ。

「コーストリア」

「気安く呼ばないで」

構わず、俺は彼女に問うた。

「これの続きを知っているのか？」

答えない。

彼女は瞳を閉じたまま、俺に顔を向けるばかりだ。

一万四千年前の夢で、壊滅の暴君アムルは《極獄界滅灰燼魔砲》を用いた黒灰の魔法陣にて、二律僭主の放った大魔法を受けとめた。

まだ、その先があったはずだ。終末の火を放つのではなく、魔法陣とすることで、更なる深淵へと迫る魔法が。

「続きがあるなら、やってみたら？　それで答えがわかるでしょ」

挑発するようにコーストリアが言う。

「あいにくど忘れしてしまってな。思い出すのに難儀しているところだ」

黒灰の魔法陣をそれ以上は留めておけず、ゆらりと真下へ落ち始めた。

未完成のため、《極獄界滅灰燼魔砲（エギル・グローネ・アングドロア）》としての特性が勝ったのだ。

コーストリアは、迎え撃つように黒灰の魔法陣を頭上へ放つ。上下からゆっくりと迫った二つの滅びの魔法が、静かに交わる。

直後、黒灰から火が溢（あふ）れ、その場の一切が炎上した。水に変わった深層講堂のあらゆるものが燃え、黒き灰へと変わっていく。

「……な……なんなのさ、これ……!?　オイラ、いつのまにか《変幻自在（カエラル）》でもかけられたのかい……!?　こんな……こんなこと…………!!　こんな馬鹿げたことが、現実にあるわけ……………!?」

「……《異界講堂（ゴソット）》が……パブロヘタラが隔離した異界が、滅ぶというのかっ……!?　これほどの魔法、これほどの大破壊を行う魔法を、いったいどこで――!?」

「う、う・お・おおおおおおおおおおおおおおぉぉっ、く、来るなあああああああああああああああああああああぁぁぁぁっ……!!」

冷たく、静かな滅びが《異界講堂（ゴソット）》のすべてを包み込んだ――

ガラスが割れるような音が響く。《異界講堂（ゴソット）》が粉々に砕け散り、俺たちは元いた第二深層講堂に戻ってきた。

「……はぁ……はぁ…………」

「ぬ……うぅ…………」

「が……あが…………」

ふむ。なかなかどうして、さすがは聖道三学院の元首たちといったところか。リップ、ドネルド、ベルマスは満身創痍（そうい）ながらも魔力と各々（おのおの）の魔法を振り絞り、どうにか《極獄界滅灰燼魔砲（エギル・グローネ・アングドロア）》の暴走と余波に耐えきった。彼らは精根尽き果てたようにその場に膝を折り、がっくりと倒れ込む。

俺はゆるりと自らの席に着地した。

「オットルルー、もう一度《異界講堂（ゴソット）》だ。俺とコーストリアにな」

「本授業では実現できません。先の魔法により、《異界講堂（ゴソット）》を展開するための立体魔法陣が破壊されました。現在のパブロヘタラでは、再構築に丸一日を要します」

オットルルーがそう答える。

「別にこのままでいいよ」

再び教壇に移動したコーストリアが無感情に言い、日傘を広げた。傘自体が魔法陣と化し、六本の親骨から伝わった魔力が、それぞれの先端に黒緑（こくりょく）の魔法弾――すなわち魔弾を作りだす。

「死んだら、死んだで、私には関係ない」

くるくると勢いよく日傘が回転し、六発の魔弾が膨れあがっていく。

「《災淵黒獄反撥魔弾（レイル・フリーエル）》」

黒緑の魔弾が四方八方へ勢いよく発射された。

「危ないぞっ！」

エレオノールが声を上げ、エンネスオーネと魔法線をつなぐ。《根源降誕母胎（エンネスオーネ・エレオノール）》にて魔力を増幅させ、舞い散る無数の羽根にて結界を作った。

「《聖域羽根結界光（エンネ・イジェリア）》」

飛んできた黒緑の魔弾は、《聖域羽根結界光》に衝突し、押し潰れて、逆方向に反射した。

「跳ね返ったぞっ……！」

《災淵黒獄反撥魔弾》はぐんと倍以上に加速し、聖句寺院の生徒たちの一角へ突っ込んでいく。

『守れっ！』

『守・守・魔・防――断絶っ!!』

集団魔法の聖句で魔法障壁が展開される。魔弾はその六層の内五層を容易くぶち抜き、最後の六層目に衝突すると、再び倍の速度で反対側に跳ね返った。

同じようにして、放たれた六発の《災淵黒獄反撥魔弾》は、結界や壁に衝突し、それを壊しながらも、反射を繰り返す。結界や魔法障壁に当たり跳ね返るごとに、その威力と速度は倍以上に膨れあがった。

放っておけば、魔弾の威力はみるみる増し、やがて結界をも貫くだろう。

「ふむ」

目の前に飛んできた《災淵黒獄反撥魔弾》を、《根源死殺》の右手で弾き飛ばす。

その方角にもう一つの魔弾があり、両者が衝突すると、二つの魔弾はともに消えた。

「なかなか面白い術式だな。衝突したものの魔力を吸収して跳ね返るため、同じ魔弾が衝突すると、共倒れするというわけだ」

奴が洗礼用に展開した魔法陣に魔力を送る。俺の手の平から、四発の《災淵黒獄反撥魔弾》が出現し、それを飛ばして、残り四発の魔弾を相殺した。

「次が三周目」

コーストリアは言った。

「《極獄界滅灰燼魔砲(エギル・グローネ・アングドロア)》以上の魔法があるなら、見せてみたら？　できるならね」

ずいぶんと見透かしたような口振りだな。

「できぬと思うか？」

「君の力は知っている。よくね。その魔法は、災厄そのもの。私に扱えないほどの術式なら、それは必ず、他者に災禍をもたらす」

興味深いことを言う。

「では、賭けてみるか？　結界やそれに類する魔法を使わず、第三者にも一切危害を加えずに、お前が行使できぬ術式を構築すれば、俺の勝ちだ」

不敵に笑い、奴(やつ)に言った。

「そのときはお前に、災禍(さいか)の淵姫(えんき)について話してもらう」

「構築できなかったら、君の一番大切なものを教えてもらうよ」

恨みを込めるように、コーストリアは言う。

「君の目の前で、無残に壊してやる」

「決まりだな」

《契約(ゼクト)》の魔法陣を描けば、迷いなく彼女はそれに調印した。

さて――

「サーシャ。あれを貸せ」

俺は《魔王軍(ガイズ)》の魔法線をつなぎ、彼女に魔力を融通する。

「反則だわ」

言いながら、サーシャは自らの瞳に手をかざし、影を作る。

その影が次第に形を変え、ある象を構築していく。さっと彼女が手を振り下ろせば、《終滅の神眼》の奥に城の影が見えた。

サーシャの視線は太陽の如く、この場を照らす。俺の足元に、黒い点が現れた。それは少しずつ広がり始める。

まだまだ不慣れのため、時間がかかる。だが、俺の《混滅の魔眼》の半分を受け継ぎ、破壊神の権能を有する彼女には、それができる。

足元の黒い点が一気に広がり、それが棒状になって、やがて剣の影を作る。

それを投影するための物体はなく、ただ影だけがそこにあった。合計三分か。維持できる時間も長くはないだろう。

急場では使いづらいが、今は上出来といったところだ。彼女の視界は今、かつての魔王城デルゾゲードの中と同じ。その魔眼は、《理滅の魔眼》と化している。

「来い、ヴェヌズドノア」

影の剣が浮かび上がり、俺はその柄を手にする。闇色の長剣ヴェヌズドノアが現れた。

「さあ、試してみよ」

跳躍し、俺は教壇に降り立つ。闇色の長剣を振るえば、コーストリアの影のみが切断される。

それが変形し、魔法陣に変わった。《理滅剣》を発動するための術式だ。

通常はサーシャがいなければ使えぬが、洗礼のルールに則り、すでにその術式に必要なだけの力は注いである。

　コーストリアは魔法陣へと顔を向けた。瞳を開かないその状態で、果たして見えているのか、彼女は指を伸ばし、魔力を送った。

「影を切断し、魔法陣にする剣――違う。これは、秩序を乱す魔法」

　コーストリアは、ヴェヌズドノアの特性を即座に見抜き、更にその深淵に迫っていく。

「術式の構築には、破壊神の権能を利用。違う。あくまで力を制御するための封にすぎない。魔法の本質は、もっと深く、もっと底――」

　更に深淵を覗こうとする彼女に、《理滅剣》の魔法陣が牙を剝く。

　コーストリアは影の魔法陣の中へ飲み込まれ始めた。

「……く………」

　手の先が影に変わり、それが肘にまで波及し、肩まで黒く染まる。

「……こ、のっ……」

　あがけばあがくほどに、奴はみるみる魔法陣に飲まれ、とうとう体の半分ほどが影に変わった。

「負けを認めるなら、消してやるぞ」

　ゆるりと奴の前にまで歩を進め、俺は言う。しかし、コーストリアはすました顔で答えた。

「誰が」

　彼女は魔法陣から離れようとせず、逆に思いきりその中へ飛び込んだ。

　全身が影に染まった、その瞬間――

「……あ、そっか。なーんだ」

影が反転するかのように、コーストリアが元の姿を取り戻す。

「わかっちゃった」

得意気に言い、彼女は薄く微笑んだ。

「この術式を理解するには、影に飲まれるのを恐れてはだめ。深く、深く、影の深淵へ沈み込んで、そこで初めて見えてくるものがある。理を破壊する滅びの力が」

コーストリアは手をかざし、そして言った。

「理解したよ。こう、ヴェヌズドノア」

そう口にすると影の剣が、彼女の足元に現れた。ゆっくりとそれは浮かび上がり、柄をコーストリアの方へ向ける。

それを手にし、彼女はくすりと笑った。

「ほら、できた。君の負け」

宙に浮かび、俺の間近に顔を近づけ、彼女は告げる。

「教えて。君の一番大切なものを。それを、今すぐ壊してあげ――え？」

コーストリアの口元から、血が滲む。彼女はゆっくりと視線を落とし、目を見開いた。

そのガラス玉の義眼に、ヴェヌズドノアが映っている。闇色の長剣は、彼女の手から離れ、その胸を串刺しにしていた。

「……な……ん……で？　術式は正しく……行使した…………なにも、間違えてはいない……」

「くはは。ようやく理解したな、コーストリア。間違えていないのに、間違えた。それが、《理滅剣（ヴエヌズドノア）》だ」

浮力を失い、落下したコーストリアは床に膝と手をつく。足元で這（は）いつくばる彼女を見下ろしながら、俺は言った。

「正しく使ったからといって、貴様に使いこなせると思ったか」

§8.【パブロヘタラの法】

義眼（め）を見開き、苦しげな呼吸を繰り返しながら、コーストリアは自らの胸に突き刺さったヴエヌズドノアをじっと見つめている。

「契約通り、話してもらうぞ」

こちらに顔を向けもしない彼女に、構わず問うた。

「災禍（さいか）の淵姫（えんき）とはなんだ？」

コーストリアは悔しそうに唇を嚙（か）む。

そうして、ぼそっと呟（つぶや）いた。

「……なんで……手加減したの……？」

ゆっくりと顔を上げ、コーストリアは恨めしそうに俺を睨（にら）んだ。

「根源に刺せばよかった。刺して」

「なにを自暴自棄になっているか知らぬが、お前の命になど興味はない」

すると、彼女は嗜虐的な笑みを見せ、言った。

「それなら、命を押しつけてやる。絶対、君の思い通りにはならない」

コーストリアは日傘を握り、先程交わした《契約》の魔法陣へ向け、突き刺した。

「《契約》を破棄する」

魔法陣に亀裂が入り、そして粉々に砕け散る。

「……っ…………!!」

奴は糸の切れた人形のように頭から倒れた。魔法陣と同様に、その体にも亀裂が入り、根源が崩壊を始める。《契約》に背いたため、その根源が自らを罰し、命を終わらせようとしているのだ。

彼女は床に手をつき、最後の力を振り絞るようにまた俺に顔を向けた。禍々しい滅びの魔力が、彼女の義眼からこぼれ落ち、そのガラス玉にも亀裂が入った。

「私は滅びる。君は災禍の淵姫のことがわからない」

一矢報いたとばかりに、コーストリアは微笑む。

「私の勝ち――」

コーストリアの体が粉々に砕け散る。

頭のおかしな女だ。滅びを選択してまで、こんなに安い勝利が欲しいとはな。

「《根源再生》」

粉々に砕け散った彼女が、逆再生されるかのように元通りになった。

「…………………え……？」

なにが起きたのかわからぬといった風に、コーストリアは呆然としている。彼女の根源と紐づけられている《契約》の魔法陣も、また破棄する前の状態へ戻った。

「……どうして………？」

「契約を破棄すれば、守らなくてもよいと思ったか」

俺はしゃがみ、コーストリアの目の前で優しく告げる。

「選択肢を二つやろう。今すぐ話すか、俺に屈服させられた後、靴を舐めながら惨めに白状するかだ」

屈辱を味わうかのように、彼女は表情を歪める。《契約》を交わした以上、逃れることはできぬ。たとえ滅びようとも、《根源再生》にて蘇らせる。延々と苦痛を繰り返すのみだ。いかに頭のおかしなこの女とて、そこまで無為なことはできまい。

コーストリアは奥歯をぎりぎりと嚙みながら、吐き捨てるように言った。

「……イーヴェゼイノには、《淵》がある。《渇望の災淵》が……」

「それで？」

「《渇望の災淵》には、渇望が集まり、災厄が生まれる。昏く、淀んだ、その底の底の、遙か底。なにより深き深淵で、あらゆる災いが溶けて混ざり、一つになっている」

瞳を閉じたまま、コーストリアは説明を続ける。

「それは、滅びの災厄と呼ばれる。誰もその全貌を見たことがない。《渇望の災淵》に渦巻く濃密な災いが、侵入する者を蝕み、滅ぼしてしまう。深淵には、未だ誰も到達したことがない。

外からは」

事実を突きつけるように彼女は言った。

「深淵の内側に、唯一つながっている者の名が、災禍の淵姫」

母さんが《渇望の災淵》につながっている、か。とはいえ、母さんの根源の深淵を覗いても、特になんの魔力も感じられなかった。滅びの災厄と呼ばれるほどの代物ならば、抑えていようとも力が見えそうなものだ。

「具体的にどうつながっている？」

「子宮だよ」

嫌悪をあらわにしながら、彼女は言う。

「彼女の胎内が、《渇望の災淵》に続いている。正確にはつながるんだよ。その子供を、アーツェノンの滅びの獅子を孕むときに」

それで今は見えぬというわけか。

「転生してもか？」

ミリティア世界以外では《転生》は使えぬ。銀水聖海における転生は、ほぼ新生に等しいはずだ。

二千年前、ルナと呼ばれた前世ならばともかく、今の母さんは自ら魔力も操れぬただの人間だ。今世で、俺を産んだときにも《渇望の災淵》とやらにつながったようには見えなかった。

とはいえ、胎内で命が生じる前につながり、その後は消えるのだとすれば、俺には知覚できぬ。

「災禍の淵姫（さいかのえんき）が、彼女の渇望（かつぼう）がそれを成した。今、別人かどうかは関係ない。彼女はそういう幻獣に魅入られてしまったんだよ」

「幻獣とは？」

「《契約（ゼクト）》は、災禍の淵姫（さいかのえんき）についてだけ」

やり返してやったとばかりに、コーストリアはすました表情を向けてきた。

「なぜ母さんを狙った？」

「教えない」

《契約（ゼクト）》で定めたのは、災禍の淵姫（さいかのえんき）がなんなのか、という質問に答えることのみだ。母さんを狙った理由については、その範囲にない。

「お前の胸に、理滅剣が刺さったままなのを忘れたわけではあるまい」

その柄へ、ゆるりと手を伸ばす。

「それ以上はお勧めしない」

後ろから、低く重たい声が響いた。

「やめておいた方が得策だと思うね。ミリティアの元首アノス」

手を止め、立ち上がって振り返れば、そこに二人の男が立っていた。

一人は、聖剣世界の伯爵、バルツァロンド。霊神人剣を取り返しにミリティア世界へやってきた男だ。

そして、もう一人は煌（きら）びやかな装束と白い鎧（よろい）を纏（まと）った男だ。金の刺繍（ししゅう）が入った上質なマント。肩には剣の紋章があった。狩猟義塾院の者だ。バルツァロンドが控えるように立っているということは、奴よりも格上か。

「私はレブラハルド・ハインリエル。聖剣世界ハイフォリアを治める元首、聖王だ」

バルツァロンドを伴い、ゆっくりと奴はこちらへ歩いてくる。

教壇に上がり、俺の前で聖王レブラハルドは止まった。

「霊神人剣のことでは迷惑をかけた」

ふむ。少々意外だな。

「十分に調べた結果、また泥棒呼ばわりされるものと思っていたが？」

「ハイフォリアの内部で、様々な行き違いがあった。すべては聖王である私の責、許せとは言わないが謝罪をしよう」

素直に非を認めるものだ。

「よい。それで？　やめた方がいいというのは？」

俺は這いつくばっているコーストリアをちらりと見る。

「パブロヘタラの秩序に反する。途中までは授業の一環、そなたら二人の《契約》もほんの戯れと大目に見よう。しかし、そこから先は看過できない。学院間に発生した紛争は、銀水序列戦の結果において解決するというのはそなたも知っているはずだ」

「母の命が狙われていたとしてもか？」

「幻獣機関と魔王学院、両者がパブロヘタラに加盟した後にそれが起きた、というのなら、問題だ。我々、学院同盟すべてのね」

泰然と聖王は言った。

を母の母を狙うことはない。


「あいにく加盟前の出来事でな」

「であれば、両者がパブロヘタラに入ったことで諍いはなくなった。彼女ら幻獣機関はそなたの母を狙うことはない。そなたも、それに備える必要はない。和解の成立だ。理解してもらえるね？」

本当にそうなら、過ぎたことは言わぬのだがな。

「ハイフォリアは、イーヴェゼイノと敵対していたと聞いたが、幻獣機関がパブロヘタラに加盟したことで、和解が成立したか？」

「勿論だとも。それがパブロヘタラの法だ。法は正義だ。守らなければならない。我々の感情はどうあれ、ね」

道理ではある。

「そなたが剣に手をかけていたら、オットルルーから警告があったはずだ。それ以上は、条約に則り処罰が下る、とね」

オットルルーを見ると、彼女は静かに口を開いた。

「戦意を放棄していただければ助かります、元首アノス。パブロヘタラの条約に反すれば、然るべき手続きに則り、ミリティア世界を処罰しなければなりません。それに応じていただかなければ、今度はパブロヘタラの武力をもっての対処が検討されます」

「今のところ気に入らぬのはイーヴェゼイノのみだ。他まで一緒に潰すつもりはない」

コーストリアに刺さっているヴェヌズドノアを消してやる。

「戦意の放棄を確認しました」

事務的にオットルルーは言い、次いで聖王を振り向いた。

「元首レブラハルド。本日、深層講堂を訪れる予定はありませんでした。なにかご用でしょうか？」

「一つ、大きな問題が起きてしまった。パブロヘタラの全学院に関係のあることだ」

穏やかな口調で聖王レブラハルドは言った。

「我ら聖上六学院が一角、夢想世界フォールフォーラルが滅亡した」

誰もなにも言わなかった。深層講堂は不気味なほどの静けさに包まれている。

突然のことすぎて、理解が及ばなかったのだろう。ドネルドやリップ、ベルマスたちでさえ信じられないといった表情で、ただ絶句するばかりだ。

「確かですか？」

オットルルーが問う。

「念のため現地へ赴き、この魔眼で確認をした。それでも、信じたくはないね」

あまり狼狽した風でもなく、軽やかに聖王は言った。

「どの勢力の仕業でしょうか？」

「それがわからないのが大きな問題だ。今のところ手がかりは一つだけだよ」

レブラハルドは、球形黒板に魔力を送る。映ったのは、シャボン玉が舞う幻想的な世界の光景だ。夢想世界フォールフォーラルだろう。人々が穏やかに生活しているのが見える。

ふと、漂っていたシャボン玉が弾けた。無数に舞うシャボン玉が悉く割れていき、最初は不思議そうに眺めていた人々が、次第に異変を感じ始める。

すべてのシャボン玉が黒き火に包まれ、彼らは絶叫した。人々が燃えている。次の瞬間、世界の一切が炎上した。

空も大地も海もあらゆるものが黒き灰燼(かいじん)へと帰し、そうして、その銀泡は弾(はじ)けて消える。

「フォールフォーラルを滅亡に追いやったのは、奇(く)しくも先の洗礼で行使されたのと同じ魔法、《極獄界滅灰燼魔砲(エギル・グローネ・アングドロア)》だ」

§9.【六学院法廷会議(ろくがくいんほうていかいぎ)】

聖王レブラハルドが静かに手をあげれば、教壇の固定魔法陣が光を発した。転移用のものだ。パブロヘタラ宮殿内では、結界により、《転移(ガトム)》が使える場所と使えない場所が存在する。

この第二深層講堂では使用できず、また他の階層へは通路が続いていない。階層を移動するには、転移の固定魔法陣を使うのだ。

「これから夢想世界フォールフォーラルの消滅について、六学院法廷会議(ろくがくいんほうていかいぎ)を行う。元首アノス。参考人として出廷してもらいたいのだが、同意してくれるね？」

柔らかい口調で聖王は問う。答えるより先に、カカカカッと魔王学院の席から笑い声が上がった。

「面白いことを口にするではないか、ハイフォリアの聖王。ん？」

エールドメードは人を食ったような表情を聖王レブラハルドへと向ける。

「いやいや、まあ、わからんでもないな。つい先日パブロヘタラへ加盟してきた小世界があったかと思えば、あろうことか不適合者が治める泡沫（ほうまつ）世界」

彼はコツコツと杖（つえ）で床を叩（たた）きながら、饒舌（じょうぜつ）に語り始めた。

「深層世界であるバランディアスを銀水序列戦で撃破し、その主神を所有物にするという前代（ぜんだい）未聞（みもん）の新参者だ。そこへ聖上六学院の一角である夢想世界フォールフォーラルが、正体不明の何者かに滅ぼされたという事件が起こった」

ダンッと床を杖（つえ）で打ち鳴らし、熾死王はその先端をレブラハルドへ向けた。

「なんとその稀少（きしょう）な魔法、《極獄界滅灰燼魔砲（エギル・グローネ・アングドロア）》は偶然にもその新参者、ミリティア世界の元首が使い手ではないか」

ニヤリ、とエールドメードが笑う。

「おおっと、これでは、被告人として法廷に突き出されても文句は言えない」

「そう受け取るのは無理もないが、誤解があると思うね。彼はあくまで参考人だ。パブロヘタラの法に則（のっと）り、参考人としての扱いを厳守すると誓おう」

熾死王の皮肉に、レブラハルドは真顔で応じた。

「いやいや、どうもこれは持病の難聴だな。なぜかまだ被告人と聞こえてしまう。すまないね」

「それでは声を大きくして喋（しゃべ）るように心がけよう」

「さすがは聖王、なんと器の大きいことだ！　それでその建前の参考人の話だが、なにを参考にするのかね？」

チクリと刺すような熾死王の言葉を、受け流すように聖王は答えた。

「ハイフォリアの調べでは、《極獄界滅灰燼魔砲(エギル・グローネ・アングドロア)》は、第一魔王、壊滅の暴君アムルが編み出した深層大魔法だ。知る者は少なく、銀水聖海広しといえども、そうそう使い手はいない。浅層世界出身の元首アノスが、いつ、どこで、誰から学んだのか。それがわかれば、フォールフォーラル滅亡の首謀者につながる手がかりになる」

第一魔王は不可侵領海の一人。接触する者も少なく、《極獄界滅灰燼魔砲(エギル・グローネ・アングドロア)》についても詳しく知る者はいないのだろう。少しでも手がかりを集めたいというのは至極当然の考えだ。

「彼の身の安全は保障する。是非とも、話を聞かせてほしい」

聖王レブラハルドは、堂々とした物腰で主張する。

「六学院法廷会議ということは、聖上六学院が出席するのか？」

「その予定だよ」

パブロヘタラの実権を握る者たちだ。ミーシャとサーシャの母のこともある。一度、見ておいて損はあるまい。

できるならばこれを機に、魔弾世界エレネシアの者から話を聞きたいところだが、さて応じてくれるものか？

「連れていけ」

「小世界を滅ぼすという非道な行いは看過できない。ともに手を携え、首謀者を見つけよう」

聖王が言う。

すぐにオットルルーが転移の固定魔法陣に魔力を込めた。

「第二深層講堂の学院生へお知らせします。《極獄界滅灰燼魔砲（エギル・グローネ・アングドロア）》の魔法については、一時的に他言を禁じます。六学院法廷会議が終わるまで、こちらで待機をしてください」

元々、知る者が少ない魔法だ。首謀者捜しに参加しない者には情報を広めない方が都合がいいこともあろう。

「アノス」

魔王学院の席から、ミーシャが俺に視線を向けている。

「気をつけて」

「心配するな。魔弾世界の者がいたら、話を聞いてみよう」

「それと、くれぐれも事を荒立てて戻ってこないように気をつけてほしいものだわ……」

サーシャが釘（くぎ）を刺すように言う。

「くはは」

と、笑い、俺は言った。

「お前たちこそ、自習はサボるなよ。俺が戻るまでに、深層魔法の一つでも身につけておけ。できなければ、補習だ」

「え、ちょっと、戻るまでってさすがに……」

視界が真っ白に染まり、俺は転移した。

やってきたのは、六角形の部屋だ。周囲には格式高い机と椅子が用意されている。それが合計六カ所だ。

俺がいるのは六角形の中心。部屋のどこにも、扉や窓はない。転移の固定魔法陣でしか出入りできないのだろう。

剣の校章がある机に、聖王レブラハルドと伯爵バルツァロンドが座る。その反対側、髑髏（どくろ）の校章がある机にコーストリアが座った。

視線を向ければ、彼女はすました顔でそっぽを向く。憎まれ口の一つでも叩（たた）くかと思ったが、無言のままだった。

「ここはパブロヘタラ宮殿の下層に位置する聖上大法廷です」

オットルルーが事務的に説明する。

「聖上六学院はこの場で六学院法廷会議を行い、パブロヘタラ全体の様々な意思決定を行います」

「集まりが悪いようだが？」

今この聖上大法廷にいるのは、コーストリア、つまり災淵（さいえん）世界イーヴェゼイノの幻獣機関と、レブラハルド、バルツァロンドの二人、聖剣世界ハイフォリアの狩猟義塾院のみだ。

ファールフォーラルは空席になるにしても、残り三学院の姿がない。

「すまないが、皆、多忙な上に少々急な招集だった。もうしばらく待って欲しい」

「お見えになりました」

転移の魔法陣に光が走ったかと思うと、現れたのは、バンダナを巻き、ゴーグルをつけた老婆だ。両手には分厚いグローブ、前掛けをつけ、制服には金鎚（かなづち）の校章がついている。

「やれやれ。本当に厄介なことになったもんだねぇ」

老婆は席につくと、ゴーグルを額へ持ち上げ、俺に魔眼を向けてくる。

「あんたが元首アノスかい？」

「そうだ」

「前代未聞の泡沫世界だって噂が飛び交ってたけど、本当かねぇ？　パブロヘタラでも上から数えた方が早そうじゃないか」

ほう。戦闘態勢でもないのに、大した魔眼だな。さすがに聖上六学院ともなれば、格が違う者がいるようだ。

「あたしゃ、ベラミー・スタンダッド。鍛冶世界バーディルーアを治める元首さ。よろず工房の魔女といった方が覚えがいいかい？」

「すまぬな。どちらも初耳だ」

「おやまあ、最近の若いもんには知られていないのかねぇ。ま、長いつき合いになるんだ。覚えとくれよ」

ベラミーは椅子に深く腰かけ、机の上に足を上げた。

「そいじゃ、とっとと始めちまおうさ。いい魔鋼が手に入ったんだ。早いところ剣にしちまいたくてねぇ。ああ、いや、どうだろうね？　槍も捨てがたい」

「申し訳ないが、ベラミー嬢。今回は重要な議題だ。魔潜軍士官学校と人型学会が来るまで待って欲しい」

レブラハルドが言う。

「前々から言おうと思ってたけどねぇ、レブラハルド君。この歳にもなって、小娘扱いはよしとくれよ。恥ずかしいったらありゃしない」

「ああ。先王がそう呼ぶもので、それに慣れてしまった」

「お父上は息災かい？」

「最近は魚釣りを覚えたようでね。銀水船を釣り船に改造して、浅層世界を回っているよ」

はっはっは、とベラミーは豪快に笑った。

「ハイフォリアの勇者とまで呼ばれた男が、魚釣りかい？　さぞ跡取りが優秀なんだろうさ」

「先王は我がハイフォリアとパブロヘタラ学院同盟のために、尽力した。憂いなく過ごしていただけるように努力はしている」

謙遜するようにレブラハルドが答える。

再びベラミーが笑った。

「狩りにしか興味のなかったハナタレ小僧が立派になったもんだよ。先王は安心してるだろうねぇ。あたしも早く引退したいもんさ」

「よろず工房には優秀な跡取りがいるのでは？」

「シルクのことかい？　ありゃ使い物にならないね。あたしがあんくらいの頃にゃ、エヴァンスマナを打ってたさ」

人の名工が鍛えたとアゼシオンに伝わっていたが、存命とはな。確かに彼女の魔力は人間といっても過言ではない。ミリティア世界の人間とは少々異なるがな。鍛冶世界ならではの性質を持っているのだろう。

「若くして名工の魔女と呼ばれた天才が比較対象では、工房の弟子たちも大変だろうね」

「あいつはやる気がないのさ。自分の打った剣を使いこなせる奴がいないってんでね。そんなのは当たり前の話じゃないか。この銀水聖海に使い手が一人しかいない。いつ現れるかもしれない剣士のために、一振りの剣を打つのがあたしらバーディルーアの鉄火人の仕事なんだからね。あたしが鍛えた武器だって、使い手がいないものがごまんとあるもんさ」

　人数が揃わないからか、ベラミーの愚痴が始まった。

「それがまあ、自分の剣はどうせ誰にも扱えないときたもんだ。そりゃシルクの打つ剣は上等なもんだよ。特別と言ってもいい。けど、あいつは増長しちまってんのさ。情けない話だよ。せっかくの才能を、自分で錆びつかせるなんてねぇ」

　嘆くように言って、ベラミーは深いため息をついた。

　すると、また別の固定魔法陣に魔力が通され、光り輝いた。新しく転移してきたのは、制帽を被った男だ。纏った孔雀緑の制服には炎の校章がついている。

　見覚えがあるな。ミーシャとサーシャに、母への贈り物を選べと言いに来た男だ。

「魔弾世界エレネシア、魔潜軍士官学校所属、深淵総軍一番隊隊長ギー・アンバレッドであります。大提督ジジ・ジェーンズより言伝を持って参りました」

　はきはきとした口調で、ギーは言う。

「本議題につき、魔弾世界エレネシアは他の聖上六学院の決定に従うものとする。以上であります」

「それは、彼らしくない」

　探りを入れるように、聖王が言った。

「は」

姿勢を正したまま、ギーは生真面目に返事をする。

「夢想世界の消滅よりも、優先することがあると考えてしまいそうになるが、それで構わないね？」

「は。回答できません」

実直な口調でギーは答えた。

ベラミーが言う。

「なにかと忙しいのさ、大提督殿も。代理は来たんだ。とっとと始めようじゃないか」

聖王は首を縦に振らなかった。

「あと一人。人型学会がまだ来ていない」

「もう待ってられないよ。どうせエレネシアは不参加なんだ。構やしないさ。コーストリア、あんたのところはどうなんだい？　いつもはナーガが来てるじゃないか？」

「今日は私だけ」

あまり親しくもないのだろう。そっけない態度で彼女は答えた。

「じゃ、いいさ。先に始めてりゃ、そのうちルツェンドフォルトの殿下も来るだろうよ」

レブラハルドが小さくため息をつく。仕方がないといった風に、彼は口を開いた。

「わかった。議題に入ろう。すでにお伝えした通り、夢想世界フォールフォーラルが滅亡した。主神の消滅、元首の死亡を確認。生存者はなし。首謀者は不明。使われた魔法は、《極獄界滅灰燼魔砲（エギル・グローネ・アングドロア）》と判明した。現存する術者は極少数。よって、法廷会議にミリティア世界元首アノス・ヴォルディゴードを招致した」

　全員の視線が、俺に集中する。

「首謀者を突き止めるまでの間、魔王学院の正式加盟を凍結、ミリティア世界を聖上六学院の支配下におくことを発議する」

　ふむ。燼死王の言うことが当たったか？

　あちらに悪意があるとも限らぬが、さて、すんなり通るものか？　ひとまず、結論を待つとしよう。

「銀水学院序列第二位、狩猟義塾院による発議を認めます」

　レブラハルドの言葉を受け、オットルルーがそう述べた。

「人型学会は遅滞、魔潜軍士官学校は不参加につき、三学院による全会一致により決議を行います。賛成の者は挙手を」

　即座に挙がった手は二本。手を挙げなかったのは、自ら発議を行ったはずの聖王レブラハルドだった。

§10.【協議】

「賛成二、反対一。よって議決は成立しません。元首レブラハルドの発議に対して、各学院代表者は協議を行ってください」

オットルルーが事務的に述べた。

「ふむ。てっきり、お前は賛成するものと思ったがな」

聖王はこちらに視線を向ける。だが、口を開いたのは彼ではなく、オットルルーだった。

「元首アノス。法廷会議中、参考人に発言権はありません。質問があったときのみ、回答を行ってください」

「それはそれは、ずいぶんと肩身の狭いことだな」

まあ、賛否も分かれたことだ。どんな協議をするのか、もうしばらく様子を見るのも悪くはあるまい。

「それじゃ、あたしが、代わりに聞こうかい。自分で発議しておきながら、反対なんてのはどういう了見だい？」

ぶっきらぼうに、ベラミーは聖王レブラハルドに問い質す。

「発議はこれまでの議例に則ったにすぎない」

さらりと彼は答え、説明を始めた。

「聖上六学院が滅ぼされたことは一度もないが、近いケースでは同盟する中層世界が侵略を受けたというのが、四〇〇年前にあった。首謀者の可能性を有す元首がパブロヘタラにいたため、彼らを聖上六学院の監視対象とするという発議がなされた」

「それはあれだろう？　結局、そっちのお嬢ちゃんの仕業だったってわかったやつじゃないか」

ベラミーがコーストリアに視線を向ける。災淵世界イーヴェゼイノはつい最近までパブロヘタラに敵対していた。小競り合いはいくらでもあるだろう。

「今回はそれ以上の被害、聖上六学院の一角が滅亡した。監視より上の措置は、支配下においての徹底的な内情調査、と銀水学院の法に定められている。であれば、今回行うべき発議の内容としては適切だと思うね」

「発議の内容に文句はつけてないよ。適切だと思ったんなら、なんで反対してるんだい？」

ベラミーの言葉を丁重に受けとめ、聖王レブラハルドは口を開く。

「元首アノスに個人的な恨みを抱く災淵世界のお嬢さん」

ゆっくりと聖王はコーストリアを見る。

「魔剣造りのことが気になって仕方がない鍛冶世界の元首」

次いで、レブラハルドは名工の魔女ベラミーに視線を移す。

「ろくな協議もなしに決議を出されては、公平ではないね。首謀者が見つかるまでの間、同盟する一世界を、我々が支配下におくだけだから問題はない。犯人捜しも捗るだろうというその考えに、正義はない。怠慢はいけないね、お二方」

コーストリアは無視するようにそっぽを向き、ベラミーは面倒臭そうな表情を浮かべた。

「まったく、いつからそんなに回りくどい男になったんだろうねぇ」

ため息交じりに、彼女は言った。

「言いたいことはわかるよ？　だけど、支配下におくって言っても、なにも乗っ取ろうってわけじゃないんだ。あんただって結局は賛成なんだろう？」

「正しい結果を求めるためには、十分な過程が必要だと思うね。少なくとも、支配下におかれる世界にも納得が必要だ。あなたが作られる聖剣と同じだよ。十分に鍛えられていない剣は、たとえ斬れ味は同じでも折れやすい」

「はいはい、わかったよ。降参だ。真面目にやればいいんだろう」

ベラミーは机に乗せた足を下ろす。

レブラハルドは次に、イーヴェゼイノの机に視線を向けた。

「コーストリア。彼を恨むのはそなたの勝手だ。しかし、ここは六学院法廷会議の場。イーヴェゼイノの代表として、私情を挟まない見解を求めたいが、理解してもらえるね？」

「《極獄界滅灰燼魔砲(エギル・グローネ・アングドロア)》」

質問には応じず、コーストリアは言った。

「現存する術者は極少数って、他に何人？」

「術者を把握するのが困難、といった意味で極少数だということだよ。推定でよければ、大魔王はその一人だろうね。他の魔王のうち何人かも術者の可能性が高い」

アーツェノンの滅びの獅子(しし)たちについて触れぬのは、口にするまでもないからか？　他の聖上六学院にも使える者がいてもおかしくはなさそうだ。

「わかってることはそれだけ？」

聖王がオットルルーに顔を向ける。

「起源魔法《極獄界滅灰燼魔砲(エギル・グローネ・アングドロア)》は、どの小世界の魔法律を利用したものか不明ですが、深層世界と推定されます。パブロヘタラの記録によれば、最初に行使したのは第一魔王、壊滅の暴君アムル。よって彼が開発者と推定されます。魔王か、それに近しい者が使い手である可能性が高く、合計で一〇に満たない数とオットルルーは考えています」

「姿を消した第一魔王の魔法ねぇ」

考え込むようにして、ベラミーが腕を組む。

「案外、戻ってきたんじゃないのかい？」

「壊滅の暴君が？」

レブラハルドの言葉に、ベラミーはうなずいた。

「大魔王に一番近いと言われた彼が、滅ぶとは思えなくてねぇ。あの壊滅の暴君なら、フォールフォーラルを滅ぼしても不思議はないよ」

「今になってなぜ、どうしてパブロヘタラを狙ったのか、という疑問は残るね」

「そんなことを考えたらきりがないだろ。どのみちわかりゃしないよ。問題は、僅かなりとも、彼の可能性があるということじゃないのかい？」

レブラハルドは手を組み、視線を机に落とす。すると、コーストリアが冷たく言った。

「だとしたら、その人が暴虐の魔王を名乗っているのも偶然とは思えない」

こいつの考えはわかりやすいな。発議を通して、ミリティア世界を聖上六学院の支配下におきたいと言わんばかりだ。

その後、なにをするつもりなのか？

「証拠はなにもないようだがな」

「黙ってて」

言われた通り無言で笑ってみせれば、彼女は苛立ったように舌打ちした。

「わからないねぇ、コーストリア。アノスが壊滅の暴君だったり、その配下だったとしようじゃないか。わざわざそんな怪しい二つ名を名乗るもんかね？」

ベラミーが言うと、コーストリアはすぐに反論した。

「そう思わせるのが目的だったら？」

「どのみちあんたみたいに疑う奴(やつ)がいるんだから逆効果だよ。大人しくしてりゃ、ここに呼び出されることもなかったんだからね。《極獄界滅灰燼魔砲(エギル・グローネ・アングドロア)》だって、このタイミングでわざわざ撃つのは阿呆(あほう)のすることさ」

「結果としてどうなった？」

「まだなにも決まっちゃいないよ」

「少なくとも、パブロヘタラはアノスから目を離せなくなった」

一瞬、ベラミーは押し黙る。

「まあ、そりゃそうだがね」

ふむ。難癖をつけるのが上手(うま)い女だな。それとも、本気でそう考えているのか？

「魔王を自称すること。泡沫(ほうまつ)世界の住人でありながら、銀海を渡れること。不適合者であること。主神を所有物に変えること。なにからなにまで、その人は私たちの世界の常識とは違う」

「ちらっと耳には入ってきたが、にわかにゃ信じがたいね。調べ違いってことはないのかい？」

ベラミーはオットルルーに問う。

「いいえ」

彼女はきっぱりと否定し、説明を始めた。

「オットルルーは確認しました。コーストリアの発言は事実に基づいています。元首アノスの治めるミリティア世界は、パブロヘタラのどの小世界とも異なる進化の過程を辿っています」

すぐにまたコーストリアが口を開く。

「その人は、王虎メイティレンをバランディアスから奪い取った。大量の火露を抱えていたバランディアスは、主神を失い、泡沫世界と化した。そうやって、パブロヘタラを内部から壊すつもりかもしれない」

「災淵世界のあんたがよく言ったもんだねぇ。ついこないだまで、ハイフォリアとドンパチやってたのはどこの誰だい？」

呆れたようにベラミーは言う。余裕のある態度ながら、その視線は鋭く、コーストリアを突き刺している。

「あんたたちは、ミリティア世界を隠れ蓑に使おうって魂胆じゃないのかい？」

「私情を挟むなというから、そうしただけ。別に私はいいよ」

すました顔でそっぽを向き、コーストリアは頬杖をつく。

「みんな滅びちゃえ。ばーか」

「おやまあ、躾がなってないねぇ。所詮は獣かい」

ベラミーは静かに眼光を光らせる。

「そういう態度が信用ならないって言ってるんだよ」

元々、異なる世界の住人たちだ。利害などそうそう一致しまい。まして、イーヴェゼイノは加盟したばかりだ。これからは味方だと、すんなり受け入れられるわけもないだろう。

　聖上六学院の一角が滅びたというのに、序列第一位の魔弾世界エレネシアの元首は姿を見せず、使いの者にただ静観するよう命じるのみ。おまけに残りの一学院は遅刻という有様だ。到底、まとまった同盟とは言い難い。

「彼女の言うことも、もっともだとは思うね。一考の価値はある」

　一触即発の雰囲気を打ち破るように、聖王レブラハルドが言った。

「あたしゃ、あんたの気が知れないがねぇ。コーストリアの言葉を信じるっていうのかい？」

　ベラミーがぼやくように言い、両手を頭の後ろで組む。

「危惧があるなら、払拭しておくべきだ。オットルルー、参考人に質問を」

「承知しました。パブロヘタラ学院条約第七条、法廷会議における証人、参考人、被告人は発言に偽証がないことを誓い、違えた場合は自らの一切を放棄する。ただし、黙秘の権利を有します」

　裁定神オットルルーが事務的に言い、魔法陣を描く。

「《裁定契約》」

　いつもの如く、彼女はそこへねじ巻きを突き刺し、ねじを巻いた。

「一つずつ確認をしよう。そなたとミリティア世界は、パブロヘタラに害を為す気はない、と考えて構わないね？」

　迷うことなく《裁定契約》に調印し、俺は答えた。

「まだわからぬ」

聖王の視線が僅かに鋭さを増す。

「どういう意味か、詳しく聞きたいね」

「なに、ここへ来てまだ日が浅いのでな。理不尽だという話は見聞きするが、パブロヘタラの理念は銀海の凪だ。それが嘘でなければ、ともに手を携えたい。もっとも」

俺は笑い、彼らに言った。

「多少の荒療治はするかもしれぬがな」

聖王は無言で俺を見据える。すぐに、彼はこう尋ねた。

「では志を同じくする者として、パブロヘタラに加盟した目的を話してもらえるね？」

親指で軽くコーストリアを指し、回答する。

「俺の母がそいつに狙われてな。追ってきたら、ここに辿り着いた。自衛のためには加盟するのが一番手っ取り早かった」

「《極獄界滅灰燼魔砲》をどの世界で、何年前に、誰に習ったか、教えてもらえるね？」

「約二千年――」

そう口にした瞬間、魔眼の端に炎がよぎった。

これは、エクエス窯の反応か。母さんに危険が迫っている。

「二千年……なにかな？　それとも、言えない事情が？」

「すまぬな。少々、魔王学院の生徒に厄介ごとがあるようだ。すぐに片付けてこよう」

転移の固定魔法陣を起動するため、魔力を送る。しかし、反応しなかった。

「元首アノス。法廷会議中の退出は認められていません。強行した場合は、パブロヘタラの法に反した罰として、小世界の火露が一割徴収されます」

「ふむ。気に食わぬ法を一つ見つけたな」

言いながら、俺はコーストリアを見た。相変わらず瞳を閉じたまま、なに食わぬ顔でそっぽを向いている。

母さんを狙ってくるとすれば、イーヴェゼイノしか考えられぬが、俺が自由に動けなくなるこのタイミングを待っていたか？

「すまないが、法廷会議はパブロヘタラにおける優先事項だ。その代わり、できるだけ早く終わるように協力しよう。素直に答えてくれれば早く済むのだが、理解してもらえるね？」

「我がミリティア世界で俺が開発した。二千年ほど前にな」

不可解といった表情を一瞬見せた後、レブラハルドが手を組み、ベラミーは眉根を寄せた。

二人とも想定外だと言わんばかりだ。

同時に俺は、イージェスにつないだ魔法線を辿(たど)り、その視界へと魔眼(めめ)を向けた――

§11. 【襲撃者】

パブロヘタラ宮殿。庭園。

パンが売り切れたため、行列は途絶えており、生徒たちの姿はない。午後へ向けて仕込みをする母さんと父さんの姿が見えた。

『イージェス。警戒しろ。なにかが来る』

《思念通信(リークス)》を飛ばすと同時、イージェスが紅血魔槍ディヒッドアテムを手にした。

「奥方様っ、そこを動きませぬようっ」

イージェスの声に、母さんが振り向く。

それより早く、

『「《斬呪狂言(ザイン)》！」』

と、不気味な声が響いた。母さんの体に呪言の刃が浮かぶ。だが、傷はつかない。イージェスが突き出した魔槍の穂先が消えていた。

「紅血魔槍、秘奥(ひおう)が壱――」

《斬呪狂言(ザイン)》に穴が空けられ、そこへ声が飲み込まれていく。

「《次元衝(じげんしょう)》」

初手を防いだイージェスは、腰を落とし、その隻眼にて、母さんを狙った者の居場所を探る。

だが、この庭園に魔力は感じられない。

「深層世界の魔法か。余の魔眼(め)から隠れるとは大したものよ。しかし――」

冥王は紅血魔槍を振るう。なにもない空間に、紅(あか)き槍閃(そうせん)が出現した。

「気配を隠しきれておらぬぞっ！」

秘奥(ひおう)が弐、《次元閃(じげんせん)》にて、イージェスは察知した気配を斬り裂く。魔法が剝がされながらも、そいつはかろうじて魔槍の直撃を避けた。あらわになったのは、鎧兜(よろいかぶと)を纏(まと)い、剣を携えた人形だ。斬り裂いたのは、《変幻自在(カエラル)》の魔法。察知されたとはいえ、気配を隠した業は

《思念並行憑依》によるものか？

だとすれば――

『人形は一体ではない』

「承知！」

イージェスは飛び退き、母さんを庇うように購買食堂の前に立つ。ディヒッドアテムの穂先が消えた瞬間、イージェスの体から夥しい量の血が溢れ出た。

「紅血魔槍、秘奥が肆――《血界門》」

購買食堂を守るように、東西南北に四つの巨大な門が出現した。

「ぬんっ！」

冥王が目の前の鎧人形を突く。ミリティア世界の魔法人形ならば、一撃で串刺しだろうがそいつは槍を三度を打ち払う。

「人形風情がやるものよ」

四度目、時空を超えて後ろから突き出された穂先に人形は頭を貫かれた。瞬間、イージェスが真横へ飛んだ。

彼の腕が見えぬ刃物に裂かれ、血が滴り落ちる。やはり《変幻自在》で透明化している鎧人形が他にもいる。粉塵世界の《変幻自在》と思念世界の《思念並行憑依》。この襲撃には、複数の世界が絡んでいるのか？

それとも、俺が先程見たばかりの魔法を使っているのは、そう思わせたいだけか？

ミーシャやレイたちは第二深層講堂にいる。待機しろと言われている以上、力尽くで抜け出せば疑いを増やす元となろう。

俺も法廷会議を抜ければ面倒なことになる。イージェスに凌ぎきってもらいたいところだが、敵の数も力も未知数。いざとなれば、介入するしかあるまい。

「《血霧雨》」

イージェスが切られた腕を振るえば、血の霧雨が庭園に降り注ぐ。次第に透明な鎧人形に血が付着していき、その輪郭があらわになった。

合計で一六名。それが並行思考の限界か。あるいは伏兵がいるのやもしれぬ。

「《次元閃》」

紅き槍閃を、鎧人形たちは打ち払う。根源の入っていない魔法人形だというに、かなりの強さだ。

「そなたにも手伝ってもらおうぞ」

鎧人形と打ち合いながらも、イージェスは駈け、《血界門》の内側にあった子虎の絵画に手をつっこんだ。

「ぬんっ！」

つかんだ子虎を、冥王は猛然と投げつける。

『……妾をこのようなことに、口惜しやぁぁぁ……!!』

叫びながら、子虎メイティレンは《破城の銀爪》を振るう。

回避はできぬ。因果が支配され、鎧人形たちは斬り裂かれたという結果を強制された。その瞬間、イージェスはとどめとばかりに《次元衝》にて穴を穿ち、一六体の鎧人形をすべて時空の彼方(かなた)へ飛ばしてのける。

すると、今度はイージェスの体を巨大な影が覆った。素早く頭上に視線を向ければ、巨大な思念の大鉄槌(てっつい)が振り上げられていた。思念世界ライニーエリオンの深層大魔法、《剛覇魔念粉砕大鉄槌(ゴルゴン・ドルラ・ガデングス)》が、巨大な血の門を粉砕していく。

ドッゴオオオォォォォォンッと破砕音を響かせながら、《血界門(けっかいもん)》四つが砕け散った。魔力や魔法に対して強い威力を発揮する反面、それ以外にはさほどの損傷を与えない。

エクエス窯から飛び出た炎に守られ、母さんは無傷だ。そこへ黒緑の魔弾が飛んできた。

「させん」

立ち塞がったイージェスは、メイティレンの絵画をその魔弾の盾にした。

『ぬがががががががががががががががががががっっっ!!』

絵画のダメージを肩代わりするように、子虎が絶叫した。魔弾は極限まで押し潰れ、そして勢いよく反対側へ跳ね返った。

コーストリアの《災淵黒獄反撥魔弾(レイル・フリーエル)》である。

『「《祈希誓句聖言称名(アドニア・エル・ヘルマケス)》」』

どこからともなく聖句が響くと同時に、魔弾の大きさが倍に膨れあがった。深層講堂のときよりも反射時の威力上昇が大きいのは、今の《祈希誓句聖言称名(アドニア・エル・ヘルマケス)》により、反射や魔弾を司(つかさど)る神の力が高められたからだ。更に、跳ね返っていった《災淵黒獄反撥魔弾(レイル・フリーエル)》がなにもない空間で突如停止し、押し潰れ始めた。

恐らくそこに、《変幻自在(カエラル)》で隠された結界がある。再度反射されれば、その魔弾はとてつもない威力に跳ね上がるだろう。《剛覇魔念粉砕大鉄槌》がゆっくりと持ち上げられるように、再び頭上に姿を現す。

魔弾と大鉄槌による同時攻撃。イージェスは即座に判断した。手にしていた額縁を、《剛覇魔念粉砕大鉄槌》めがけて投げたのだ。

「画楼を出せ！」

額縁の中から、建物が姿を現す。築城の秩序を有するメイティレンの力で建てられた画楼だ。

「ぬんっ！」

イージェスはその画楼にディイヒッドアテムの穂先を飛ばし、支えた。ドッ、ガガガガガッ、と外壁という外壁を破壊しながら大鉄槌が画楼を粉砕していく。

だが、どうにか止まった。その間、反射した《災淵黒獄反撥魔弾》は、巨大に膨れあがり、目にも止まらぬ速度でイージェスの脇をすり抜けていた。

「紅血魔槍、秘奥が肆――」

ディイヒッドアテムの穂先が消える。直後、イージェスの体から夥しい量の血が溢れ出た。

魔弾の進行方向に、一つの門が現れる。

「《血界門》」

防げば反射する《災淵黒獄反撥魔弾》も、時空の彼方に飛ばす《血界門》には相性が悪い。ぶつからなければ、反射しようがないからだ。唸りを上げて突き進む魔弾は、《血界門》をくぐった。

瞬間、イージェスは魔眼を見張った。魔弾を飛ばせないのだ。《災淵黒獄反撥魔弾》は《血界門》を素通りし、母さんの目の前に迫った。

「ちいっ……!!」

イージェスの姿が消え、次の瞬間、《災淵黒獄反撥魔弾(レイル・フリーエル)》を受けとめていた。

かき乱された魔力場の只中(ただなか)へは《転移(ガトム)》では飛べぬ。ゆえに、紅血魔槍を胸に突き刺し、穂先ごと自分の体を《災淵黒獄反撥魔弾(レイル・フリーエル)》に向かって飛ばしたのである。

「ぬ……ぬあぁぁっ……!」

《災淵黒獄反撥魔弾(レイル・フリーエル)》に押し込まれ、イージェスの全身がボロボロになっていく。溢(あふ)れる血を魔力に変え、彼は反魔法を集中した。

直後——

「か……これ、は………?」

《災淵黒獄反撥魔弾(レイル・フリーエル)》の中から飛び出してきた影の剣に、イージェスの腹部が貫かれていた。

理滅剣ヴェヌズドノアだ。それが《血界門》の理を滅ぼしたため、魔弾は門を素通りしたのである。

「イージェスッ……!」

購買食堂から父さんの声が響く。

万雷剣を握り締めていた。

「余に構わず、今の内に——ぐ、う……!!」

冥王の口から、血が溢(あふ)れ出(だ)す。理滅剣が更に深く、イージェスの腹に押し込まれた。

それが今にも体を貫通し、母さんへと迫ろうとする中、《災淵黒獄反撥魔弾(レイル・フリーエル)》が不気味な鳴動を始めた。

「団長っ!!　奥方様をっ……!!」

「お、おうっ！　イザベラッ!!」

瞬間、《災淵黒獄反撥魔弾》が弾け、庭園に派手な爆発が巻き起こった。

それに押され、理滅剣がイージェスの腹部を貫通する。

追いすがろうと、紅血魔槍の力で冥王が飛ぼうとしたその瞬間——彼の隻眼はヴェヌズドノアが血に染まる光景を捉えた。

ポタ、ポタ、と赤い雫が地面に染みをつける。

「——これは奇妙な魔剣、いや魔法であるか？」

男性の声が響いた。

父さんのものでも、イージェスのものでもない。初めて聞く声だ。

「いつの間にパブロヘタラはこれほど物騒になったであろうか」

そこに立っているのは、一人の青年だ。

白いメッシュを入れたおかっぱ頭で、制服には人形の校章をつけている。彼は右手を、影の剣に貫かれながらも、刃先をぐっと握り、押さえている。

次の瞬間、青年の手の平から、金粉混じりの赤い糸がしゅるしゅると伸びたかと思えば、理滅剣に巻きついていく。

いかなる力か、なおも動こうとしていたその魔剣が沈黙した。

「見たことのない魔法であるな。何者か存ぜぬが、パブロヘタラで暴れるとは不届きな。これ

「以上は、我が世界を敵に回すと知れ」

力強く青年が言う。

瞬間、影の剣は魔力が途絶えたかのようにふっと消滅し、赤い糸が地面に落ちた。青年が手の平をかざせば、糸はまた彼の体の中に戻っていった。

数秒の静寂が、その場を覆った。

父さんは万雷剣を手に、母さんを庇ったまま、じっとしている。イージェスは、突如現れた青年と、周囲に魔眼を凝らし、警戒していた。

「どうやら、逃げたようであるな」

母さんが顔を上げ、ゆっくりと立ち上がる。そして、ようやく頭が回ってきたとばかりに、おかっぱ頭の青年に近づいていった。

「あ、あの……」

青年は母さんを振り向く。

「怪我はないか？」

「はい。ありがとうございます」

子供のように青年は笑う。

「それはよきことである」

「あ、でも、あなたは怪我を……エクエスちゃん、治せる」

自分を守ろうとしていた炎体のエクエスに、母さんは言う。

『治したくないぃ』

「お願い」

母さんが青年に駆けより、そっと彼の手をとった。

ギィン、ギギィ、と耳鳴りがした。母さんと青年が、まるで共鳴するかのように互いに魔力を放つ。

「あ……えっと……」

彼は咄嗟に手を引いた。

魔眼のない母さんには、今の共鳴が見えていない。振り払われたように思ったのだろう。

「……いや、これは……申し訳ない……」

そう言いながらも、彼は母さんの顔をじっと見つめていた。

「心配は不要である。この身は頑丈なのだ」

そう言って、すぐに踵を返す。

「待って。あの、お名前は……?」

「またいずれ。少々急ぎである。さらばだ」

颯爽とおかっぱ頭の青年はその場から立ち去っていった。

§12.【全会一致】

パブロヘタラ宮殿。聖上大法廷。

握った拳を軽く開き、俺は力を抜いた。

ひとまずは事なきを得た、といったところか。

あのおかっぱの男が偶然通りかからねば、一暴れせざるを得なかったやもしれぬ。

法廷会議を抜け出さずに済んだのは運が良かった。

しかし、襲ってきたのは何者だ？

聖句世界の深層大魔法《祈希誓句聖言称名（アドニア・エル・ヘルマケス）》、思念世界の深層大魔法《剛覇魔念粉砕大鉄槌（ゴルゴン・ドルラ・ガデングス）》、粉塵（ふんじん）世界の《変幻自在（カエラル）》と災淵（さいえん）世界の《災淵黒獄反撥魔弾（レイル・フリーエル）》。

おまけに、《理滅剣（ヴェヌズドノア）》か。

俺以外にあれを使える者がいるとは思わなかったが、《極獄界滅灰燼魔砲（エギル・グローネ・アングドロア）》がそうであったように、深層世界の魔法の一つとも考えられる。

アーツェノンの滅びの獅子（しし）。

俺がそうだというのならば、奴（やつ）らも俺に近しい力を持っていて不思議はない。

もっとも、あれが完全な理滅剣だったかは定（さだ）かではないがな。ヴェヌズドノアは柄を持たねば真価を発揮できぬ。

にもかかわらず、襲撃者はそうしなかった。

なぜだ？　そもそも柄を持とうと真価を発揮できぬ不完全な魔法だったか。あるいは、姿を見られるわけにはいかなかったか。

俺はコーストリアを見た。

彼女はずっと目を閉じたまま、すました顔でそっぽを向いている。

「お前の差し金か？」

「泡沫世界の住人が、許可もないのに話しかけないで」

今のところは、こいつが一番怪しいのだがな。

「ちょいとばかり訊かせてもらいたいんだがね、アノス」

ベラミーが言う。

「あんたが《極獄界滅灰燼魔砲》を開発した時点、つまり二千年前に、ミリティア世界はもう外へ出る術があったのかい？」

「いいや」

俺の答えを聞き、ベラミーは怪訝そうな表情を浮かべる。

「見えてこないねぇ。深層世界の魔法律を知らないあんたが、いったいどうやってそれを開発したっていうんだい？」

「転生したのだろうな。深層世界から、ミリティア世界へな。俺の根源が、その魔法の記憶を朧気ながら宿していたというのはどうだ？」

「そりゃ面白い仮説だね。でも、ないよ」

軽く手を振って、ベラミーはそれを否定する。

「生まれ変われば、もう別人さ。火露なんてもんが見えるから、勘違いするかもしれないけどね。記憶は一切引き継げないし、人格だって別物だよ。起源が同じだからって、同一とは見なせないね」

「では、なぜ俺が《極獄界滅灰燼魔砲》を開発できた？」

「さあねぇ。あんたが自分で記憶を消したって考えた方がまだ辻褄が合うんだがねぇ。それなら、嘘をつかずに済む」

転生の概念は、オットルルーと同じようだな。

どちらかと言えば、多少は話が通じた分、ロンクルスの方が例外か。二律僭主の執事で、《融合転生》も使えたことだしな。

「どうだろうね？　来たばかりの彼が法廷会議に備えて自らの記憶を消しておいたというには、少し判断が早すぎるかもしれない」

レブラハルドが言う。

「そいじゃ、熟考したレブラハルド君の判断を訊かせてもらいたいねぇ」

「別の質問をしよう。先の銀水序列戦で、なぜバランディアスの主神を奪ったか、聞かせてもらえるね？」

遠回しに訊いてくるものだな。

「メイティレンは我が配下、ファリス・ノインの魂を籠の中に閉じ込め、空を飛べぬようにした。ゆえにその醜悪な野望とともに粉砕してやったのだ。ついでにバランディアスの民が戦う意思を決めたゆえ、その手助けをしてやったにすぎぬ」

「バランディアスの住人たちは自ら泡沫世界であることを望んだ、と主張するんだね？」

レブラハルドが念を押す。

「お前たちは勘違いをしているが、主神がいなくとも秩序の整合は保てる。現にミリティア世界がそうだ」

「パブロヘタラの長い歴史にも、そのような小世界は存在しない。ミリティア世界は数億年ほどの銀泡に見えるが、深層世界は平均してその数倍、それより遙かに長い歴史を持っているものもある」

諭すような口調でレブラハルドが説明する。

「主神がいなければ、長くはもたぬと言いたいわけか？」

「現にこの銀水聖海にミリティア世界と同じ進化を辿った銀泡はない。誤った進化の道を辿ったため、淘汰されていったと考えるのが正しいと思うね。恐らくは先祖返りを起こしたのがミリティア世界だろう。つまり、元首アノス、そなたがよかれと思いバランディアスに行ったことは、世界の滅びを早めたにすぎないとも言える」

「新しい進化の可能性が生まれたのやもしれぬ」

「その可能性は、必要がないと思うね。主神のいる世界はそれで完成しており、秩序の整合が崩れる心配はないのだから」

聖王はそう断言した。

「その主神が病巣だったのが、バランディアスだ。いかに秩序の整合を保とうと、秩序のために民を犠牲にする世界のなにが完成だ？　なにより、それでは主神のいない泡沫世界は救えぬ」

「それこそ、やがて消える海の泡。生まれていないからこその泡沫世界だ」

「パブロヘタラが長い歴史を持つなら、いい加減、それが誤りだと気づくべきだな。泡沫世界はお前たちが手におえぬからとそう名づけたにすぎぬ。秩序の整合を保ち、彼らの火露を彼らの世界に留めておくことはできる」

　聖王はゆるりと首を左右に振った。

「やはり、それも必要がないと思うね。火露が世界を渡っていくのは秩序通りのこと。より安定した場所で生まれるのが、その命にとっては僥倖だ」

「生まれ変わったとて別人ではない」

　俺が言うと、聖王は考えあぐねたように口を閉ざした。

「……どうにも話が嚙み合わないね。先程の主張もそうだが、それがそなたの世界の宗教か？」

「この銀海における真理だ」

　レブラハルドは一瞬、《裁定契約》の魔法陣に魔眼を向けた。

　それは正常に動いている。つまり、俺は嘘をついていない。

「我が世界の限定魔法に《転生》というものがある。優れた術者ならば、記憶と力をリスクなしに来世へ引き継ぐことができる。それがミリティア世界での転生だ」

　レブラハルドは黙って俺の話に耳を傾けている。

「《転生》を使わずとも、それは変わらぬ。記憶と力を失おうとも、根源は輪廻し、また生まれる。微かな想いを、確かに残し」

　転生の秩序が最も強いミリティア世界だからこそ、それがわかった。ミリティアが泡沫世界ならば、第一層以下すべての世界にその秩序は微力ながらも行き渡っている。銀海の理に従うならば、秩序は浅い方から深い方へ流れていくのだから。

「滅びたとて火露があるならば、変わらぬはずだ。姿を変え、形を変え、俺たちは転生していく。ならば、火露を奪えばなにが起きる？」

聖王レブラハルドをまっすぐ見据え、俺は言った。

「どの世界とて、生とは過酷なものだ。友や兄弟、家族、臣下、あるいは主君。様々な理由により、避けられぬ別れのときが訪れる。彼らは来世での再会を願うだろう。記憶はなくとも、自覚はなくとも、いつか想い(おも)は通じるやもしれぬ」

「それで、この号外をパブロヘタラにバラまいた、ということだね」

レブラハルドが魔王新聞の号外を俺に見せた。そこには、ファリスの転生について書かれている。

「バランディアスの二枚看板、銀城創手ファリス・ノインは元ミリティアの住人であり、そなたの配下。その記憶をも有している」

「転生の証明だ」

「ファリス・ノインについては後ほど裏付けをとる。そなたが嘘(うそ)をついていない以上、《転生(シリカ)》について疑う余地はほぼないとはいえね。ミリティア世界もそういう秩序で動いているのかもしれない」

そうレブラハルドは前置きをした。

「しかし、あくまでミリティア世界と《転生(シリカ)》についての証明だ。この銀海のすべての根源が、変わらぬなにかを有しながら、輪廻(りんね)しているとはまだ断言できない。私は泡沫(ほうまつ)世界であるミリティアの秩序の影響は、それほど強いものではないと思う」

確かに、俺が今知っているのはミリティア世界の住人のことのみ。記憶をなくした他の世界の者が、確かに転生したのだと証明するのは、困難なものがある。確かめる術は、想いという、あやふやなものなのだから。

「そうだとわかるまで、火露を奪い続けるか？　確信が持てた頃には後の祭りだ」

「そなたの正義もわかる。だが、それだけで悠久の歴史を持つ小世界の在り方を変えるというのは、軽率だと思うね」

柔らかく、しかし揺るぎない意思を持って聖王は言う。

「主神なしに、秩序の整合を取る。この銀水聖海の秩序としては、極めて不自然なことだ。泡沫世界はやがて泡となり消えるもの。火露の穴を塞いだミリティアも、別の穴が空いていないとは限らない」

「穴があれば塞げばよい」

「塞げるとは限らない」

心配するのもわかるがな。

「そこまで頑なでは、私も勘繰ってしまうね。主神などいらない。泡沫世界でも秩序の整合はとれる。本当はそれが嘘だとわかっていて、深層世界を泡沫世界へ変えてしまうのが目的かもしれない」

「パブロヘタラを内側から切り崩すためにか？」

否定も肯定もせず、聖王は言った。

「《裁定契約》により嘘はつけないが、この手の魔法はそなたが嘘だと思っていなければよいだけの話だ。ベラミー嬢の言葉ではないが記憶を消すか、稀にだが暗示のような力ですり抜けられる者もいる。銀水聖海に出てすぐに、転生したファリス・ノインに出会ったというのも偶然にしては出来すぎと言える」

聖王は組んだ手の向こうから、俺の心の深淵を見据える。

「転生が存在するように見せかけているのかもしれない」

奴の立場からすれば、それを疑うのは当然だろうな。これまで存在しなかった概念を、新参者がいきなり持ちだしてきた。ただ頭から信じるようならば、世界を治める器ではない。

「とはいっても、決定的な証拠はなにもない。私の見たてでは、元首アノスは己の正義に従っているだけだ」

「ほう。なぜそう思う？」

「根拠はなにもない。強いて言うならそなたの目だ。正義を信じる、まっすぐな目をしている。嫌いではないね」

レブラハルドは一点の曇りもない目を俺へと向ける。ミーシャがいれば、彼の方こそまっすぐだと口にしたやもしれぬ。

「しかし、勘に委ねるには世界は大きく、法に従うのが私の正義だ。そなたはこの銀水聖海においては不適合者であり、ミリティアは主神無き泡沫世界。パブロヘタラの法に照らし合わせれば、信じるに足る要素があまりに少ない」

聖王レブラハルドは毅然と告げる。

「フォールフォーラルを滅ぼした首謀者か、あるいはその共犯関係にある可能性を払拭しきれない、というのが聖剣世界ハイフォリアの見解だ」

ベラミーがやっとかといった顔を見せ、コーストリアが僅かに笑みを覗かせる。

「――相変わらず頭が堅いものであるな、ハイフォリアの聖王は」

転移の固定魔法陣が起動し、新たに席に現れたのは、一人の男。母さんを助けた、あのおかっぱ頭の青年だ。

これまでの協議が伝わっているのか、彼は言った。

「根源は巡り、命は輪廻し、誰もが皆、生まれ変わる。それはよきこと。私は好きであるぞ、その考え方が」

レブラハルドは青年を一瞥する。

「名乗るといい、パリントン皇子。彼はそなたを知らない」

「失礼をした。お初にお目にかかる」

パリントンが俺に体を向ける。

「私は傀儡世界ルツェンドフォルトの皇子、パリントン・アネッサと申す。人型学会の人形皇子などと呼ばれているが、一応はルツェンドフォルトの元首である」

皇子が元首か。珍しいことだな。

「ミリティア世界の元首、アノス・ヴォルディゴードだ」

「よろしく頼もう」

「それで、パリントン坊や」

ベラミーが言った。

「あんたは、アノスの言う転生が存在する根拠でも持ってるのかい？」

するとパリントンは答えた。

「愛であるな」

「は？」

キラキラと異様に無垢な瞳で、おかっぱの青年は言う。

「愛と申した。それが私に教えてくれたのだ。転生はあるとな」

ベラミーは真顔でパリントンを見返す。

「……あんた、頭のねじが二、三本外れてないか、見てもらった方がいいんじゃないかい？」

「魔女殿こそ、頭まで老いてはいまいか？」

「あんだってっ⁉」

憤慨するようにベラミーが立ち上がる。

「ほんの戯れである」

「あんたの冗談はちっとも笑えやしないね」

ため息をつき、ベラミーは椅子に深く腰かけた。

「で？」

「根拠はある。しかし、口にはできないのだ。信じてもらいたい」

はあ、とベラミーは再びため息をついた。否定するように手を振りながら、彼女は言う。

「言えないけど、信じろってのかい？　そんな虫の良い話しゃあないね」

「ルツェンドフォルトの鉱山を融通しよう」

　ぴたり、とベラミーは動きを止めた。

「二つでどうであるか？」

「馬鹿言ってんじゃないよ。そんなんで神聖な決議を変えられるもんかい。四つよこしな」

　パリントンがにんまりと笑う。

「よき取引である」

「待って」

　コーストリアが冷たく言った。

「なにそれ、賄賂？　六学院法廷会議は神聖で厳粛なものじゃなかった？」

「うるさい小娘だね。アノスが首謀者だって証拠はないよ。面倒臭いからとりあえず聖上六学院の支配下においとけばいいって話をしただけさ」

　ムッとしたようにコーストリアがベラミーを睨む。

　だが、彼女はしれっと言った。

「疑わしきは罰せず。それでいいじゃないか」

「さっきまでと言ってることが全然違う」

「意見が変わるのが協議ってもんだろう？　千年ぽっちしか生きてない若造にはわからんだろうがねぇ。ああ、そういや、レブラハルド君」

　コーストリアを完全に無視して、ベラミーは聖王に言った。

「あんたがもう一つ気になってるのは二律僭主の動きだろう。ちょうどアノスがここへ来た頃に、幽玄樹海が消滅した。大方、二人が手を結んでいるんじゃないかって深読みしているんじやないかい？」

「そうかもしれないし、そうではないかもしれない」

　レブラハルドが答える。

「うちの者に調べさせたところ、アノスは二律僭主に接触していない。少なくとも、幽玄樹海が消滅するまではね。その後、二律僭主も樹海から行方を眩ましました。たぶん、第七エレネシアにはいないね。これで疑うなら、誰だって怪しいんじゃないかい？」

「よろず工房の調査が事実ならば、そうだね」

「だったら、おたくの伯爵に聞けばいいさ。なあ、バルツァロンド君。アノスはあんたの船に密航して来たそうじゃないか？」

　聖王が後ろに立つバルツァロンドに視線を向けると、彼は口を開いた。

「ベラミー卿の言う通りです。確かに、アノス・ヴォルディゴードは私の銀水船に密航しておりました。幽玄樹海消滅までの間、彼を監視しておりましたが、二律僭主には接触していません」

　俺と二律僭主が戦っているところを、バルツァロンドはその目で見ている。敵対行為だったにせよ、事実を言えば二律僭主に通じている疑いは払拭されない。脅されたということも考えられるからな。

　接触していなければ無関係と判断するだろうが、聖王に嘘をついてまでなぜ俺を庇う？

「確か、報告にはなかったね」

「そこは省いても構わないと判断しました。考えをまとめるのが苦手な性分ゆえに」

バルツァロンドが答える。ふう、と聖王は息を吐いた。

「わかった。ミリティア世界を支配下におく、というのは少々横暴がすぎたのかもしれない。もう少し穏便な方法を考えよう」

怪しい言い訳だったが、バルツァロンドを疑う素振りはない。彼が少々抜けているのは聖王も知っているのだろう。

霊神人剣の柄は、俺をアーツェノンの滅びの獅子と断定した。バルツァロンドが聖王に伝えていれば、ここで触れてきそうなものだが、それもない。

「それでいいね？」

レブラハルドは、コーストリアを振り向く。

「私は発議に賛成。ミリティア世界は聖上六学院の支配下においた方がいい」

レブラハルド、ベラミー、パリントンが無言の重圧とばかりに、コーストリアを見る。だが、彼女は瞳を閉じたまま、頑として意見を変えるつもりはないようだ。

しばらく無言が続き、ふいに転移の固定魔法陣が起動した。現れたのは人ではなく、一枚の書状だ。

オットルルーがそれに手を伸ばし、静かに開く。軽く文字を目で追った後、彼女は歩いていき、コーストリアに書状を差し出した。

「イーヴェゼイノの元首代理からです」

一瞬、険しい表情をした後、コーストリアは書状を受け取り、薄くまぶたを開いた。みるみる義眼が曇っていき、彼女は悔しそうに歯を食いしばった。

「……もういい」

ぽつり、コーストリアが言う。

「私も発議に反対」

書状になにが書いてあったのか、まるで手の平を返すかのようだった。

§13. 【ルツェンドフォルトの赤い糸】

「それでは採決を行います。フォールフォーラル滅亡につきまして、首謀者判明までの間、魔王学院の正式加盟を凍結、ミリティア世界を聖上六学院の支配下におく。賛成のものは挙手をお願いします」

形式上のことばかりにオットルルーが事務的に述べる。

無論、手を挙げる者はいない。

「賛成者なし。全会一致につき、本案を否決しました。法廷会議を終了します。なお、《極獄界滅灰燼魔砲(エギル・グローネ・アングドロア)》については箝口令(かんこうれい)を敷いたまま、第二深層講堂の待機措置を解除します」

そう口にした後、オットルルーが第二深層講堂へ《思念通信(リークス)》を送る。これで深層講堂にいた俺の配下たちも自由に動ける。

「坊や」

転移の固定魔法陣を起動しながら、ベラミーが言う。

「約束は忘れるんじゃないよ」

パリントンにそう釘を刺して、彼女は転移していった。

レブラハルド、コーストリア、ギーも転移の固定魔法陣を起動する。

「ああ、お前たちは少し待て」

俺は三人へ向けて言った。

「二、三訊きたいことがある」

「死んじゃえ、不適合者」

子供の悪口のようにそう言うと、コーストリアは転移していった。

「すまないが、次の法廷会議の準備をしなければならない」

聖王レブラハルドが言う。

「霊神人剣の話はいいのか？」

「エヴァンスマナには意思がある。選ばれし者の手にあるのなら、それは果たすべき役目があってのことだ。今は預けておくよ」

ふむ。解せぬな。俺がフォールフォーラル滅亡の首謀者である疑いは残っているはずだ。ハイフォリアの象徴である霊神人剣を預けたままにしておくのはどういう意図だ？

「まずはこの一件を片付けなければならない。そなたとの話はまたの機会ということで、失礼させてもらうね」

レブラハルドは、バルツァロンドとともに転移していった。

「自分は質問の回答権を持たない。対話も許可されてはいない」

直立不動のまま、ギーは実直な声を発した。

「では、創造神エレネシアに伝えるがよい。娘が会いたがっている、とな」

「伝達は保証できない」

そう言うだろうと思ったがな。

「一応覚えておけ」

「記憶はする。では」

固定魔法陣を使い、ギーも転移した。

「来たばかりだというのに、皆、多忙のようであるな」

言いながら、おかっぱ頭の青年、傀儡世界の元首パリントンがこちらへ歩いてくる。

「母さんが世話になったな」

「……む？」

不思議そうな顔でパリントンが思案する。

「お前がここへ来る前に助けた女性だ」

すると、一瞬パリントンは真顔で俺を見た。

「……それは、左様か。なるほど……」

彼は一人、納得がいったというような反応を見せた。

「ありがとう」

「通りがかっただけであるが……しかし、パブロヘタラで、あれほど物騒なことも珍しい。フォールフォーラルの滅亡も大事であるが、その件も調べた方がいいのではないか？」

そう口にしながら、パリントンがオットルルーへ顔を向ける。

「庭園での出来事は把握しました。外部の人間がパブロヘタラ宮殿へ侵入した形跡は確認できていません」

母さんを襲ったのはパブロヘタラ内部の者の犯行ということになる。

「調査を始めるとともに、聖上六学院にも対策を協議してもらいます」

「よきことである」

軽く言って、またパリントンはこちらを向いた。

「法廷会議での口添えの件も礼を言おう。おかげで厄介ごとが一つ減った」

「礼には及ばない。ただ興味があったのだ」

俺が視線を向ければ、パリントンはにんまりと笑う。

「転生である」

ふむ。俺に味方したのも、単に人が好(よ)いわけではなかったわけか。

「たとえば、滅びた人がいたとして」

パリントンが静かに口を開く。

「我々はまた巡り合えると思うか？　生まれ変わりし、その人と」

「真(まこと)に望むのなら会えるだろう。いつかな」

満足そうに彼はうなずく。

「私も同じ見解である」

パリントンは手をかざし、転移の固定魔法陣に魔力を送る。同時に、俺の足元にある魔法陣も光を発していた。

ついて来いということだろう。転移に身を委ねれば、目の前が真っ白に染まる。次の瞬間、四つの柱が立ち並ぶ通路が視界に映った。

「銀水聖海では転生は存在しないというのが一般的な考え方のようだが？」

「その通りである。傀儡世界ルツェンドフォルトでも、転生を信じる人は滅多にいない。恐らく、私ぐらいであるな」

言いながら、パリントンは歩き出す。俺はその横に並んだ。

「かくいう私も、昔は信じていなかったのであるぞ。様々なことがあり、見聞を広め、考えを改めたのだ。いつか必ず、奇跡は起こるはずである、と」

彼はひたむきに前を向く。希望を信じて疑わないような、熱に浮かされた瞳であった。

「そうか」

「アノスは良き人であるな」

振り向けば、パリントンはにんまりと笑う。足を止め、彼はそのまま天井を仰ぐ。

「其の方が考えた通りである。奇跡を願うのは、いつでも奇跡を必要とする者なのだ。我らが姫が目の前で滅び去り、皆は諦め、先へ進もうとしたのだ。だが、私は女々しかった。私一人だけが諦めきれなかったのだ」

彼はまた歩き始めた。

「あれから、千の年を幾度数えたことか……」

考えながら、パリントンは通路を進んでいく。

「私は、奇跡は起こると信じることに決めたのだ。彼女の転生を願い、探したのだ。口にすれば、よく馬鹿にもされた。生まれ変われば、最早別人である、と。私は口を閉ざすようになったが、それでも様々な世界を旅してきた。深層世界も浅層世界も、パブロヘタラでは侵入が禁止されている泡沫世界にも行ったものである」

一度言葉を切り、改めてパリントンは言う。

「勿論、どこにもいなかったのだ」

なぜか彼は笑顔を見せ、軽い足取りで進んでいく。

「皇子なのに元首というのを不思議に思ったであろうか？」

ふいにパリントンは話題を変えた。

「まあな」

「ルツェンドフォルトの皇は主神なのだ」

なるほど。

「主神の子か？」

深淵を覗けば、パリントンからは確かに神族の魔力が発せられている。だが、完全な神ではない。別の魔力も混ざっているようだ。

「子と言えば、子のようなものであるな。我が傀儡世界の主神は、傀儡皇ベズ。運命を結びつける権能を持つ。それが、《赤糸》と呼ばれる運命の糸と、《偶人》と呼ばれる魔法人形である」

俺を振り向き、彼は続けた。

「傀儡皇は一人、自らの世界に相応しい者をその《赤糸》でくくり、《偶人》に結びつける。根源を運命で結ぶのだ。傀儡世界ルツェンドフォルトの元首になるという運命を。結ばれた運命は必ず実現するのである」

「必ず？」

「そう、必ずである。たとえば、別の世界の住人に《赤糸》をくくる。ならば、根源の秩序である火露は傀儡世界へ移り、彼の根源は自身の体を失う。その根源は《偶人》という魔法人形の器に《赤糸》でくくりつけられ、ルツェンドフォルトの元首になるのだ」

なんとも傀儡世界と冠するに相応しい権能だな。理滅剣を封じることができた理由も、大凡の見当がつく。

「お前のその体が、傀儡皇の権能というわけだ」

「左様。この身は魔法人形《赤糸の偶人》である。私は思ったのだ。この《赤糸の偶人》が成立するのは、銀水聖海に転生が存在するからではないかと。昔の私は消え去り、魔法人形に生まれ変わったと考えられる。記憶と力を保ちながら」

「確かに転生の仕組みに類似しているな」

本当にその秩序によってのことかはわからぬ。だが、《赤糸の偶人》となったからこそ、パリントンは他の者より転生を信じることができたのだろう。

「一つ、これは何人にも打ち明けていないことではあるが――」

宮殿の外に出て、俺たちは庭園にやってきた。魔王学院の生徒たちがすでに襲撃者の調査に当たっている。イージェスから事情を聞いたのだろう。

「《赤糸》でくくられる前、私は災淵世界イーヴェゼイノの住人だったのだ」

「ほう」

先の一件で破壊された購買食堂『大海原の風』は、ミーシャの創造魔法で修復されている。

母さんが俺に気がつき、手を振った。俺は軽く手を挙げて、それに応じる。

パリントンが言った。

「アノスの母様も、そうではないのか？」

「なぜそう思う？」

こちらへ駆けてくる母さんを、傀儡世界の皇子は懐かしそうに見つめた。

「もしかすれば、と思ったのだ。無論、すぐに信じることはできなかった。だが、今では確証がある。ずっと探していたのだから。ルツェンドフォルトの赤い糸に導かれて、私はようやく出会えたのかもしれない」

「アノスちゃん、おかえりっ……あれ……？」

母さんが俺の隣にいたパリントンに気がつく。

そうしてすぐに頭を下げた。

「さっきは、ありがとうございます。アノスちゃんのお知り合いの方だったんですか？」

「申し訳ない。先程は少々動転し、思うように挨拶ができなかった」

柔らかい口調で言い、彼は丁寧にお辞儀をする。

「お久しゅうございます、姉様。私を覚えてはいませんか？」

「えと……」

母さんが戸惑ったようにパリントンを見る。

心当たりがないからだろうが、それだけではなく、どこかぼーっとしている。息が荒いのは、走ってきたからか？

「……すみません。覚えていなくて。どこかで、お会いしましたか……？」

パリントンは少し悲しげな表情を浮かべた。

「……いや、思い出せないのは当然である。申し訳ない。急がぬよう心がけていたのであるが、それでも気が急いてしまった」

そう口にして、気を取り直すようにパリントンは笑顔を見せた。

「順を追って、話そう。あなたの前世の名は、ルナ・アーツェノン。災淵世界イーヴェゼイノにて、災禍の淵姫と呼ばれていたのである。私はただ一人、災禍の淵姫の宿命を分かち合うことができる家族であり――」

「そのぐらいにしておけ」

パリントンは訝しげな表情で俺を見た。

「迷惑をかけるつもりは毛頭ない。ただ――」

「そうではない」

母さんの額に手を伸ばす。かなり熱い。

「あ……わかっちゃった？　ちょっとだけ、さっきから熱があって……風邪気味なのかな……」

違うな。

風邪で魔力は乱れぬ。

だが、なんだ？　見たことのない症状だ。《時間操作(レバイド)》で戻しても、治る気配がない。

「大丈夫だと思うんだけど……あ……」

母さんがふらつく。その体を俺は支えた。

「ごめんね、アノスちゃん……なんだか、急……に……」

俺の腕にもたれかかるようにして、母さんはがっくりと脱力する。

そのまま気を失った。

§14．【渇望(かつぼう)の災淵(さいえん)】

パブロヘタラ宮殿内、魔王学院宿舎。

気を失った母さんはベッドですやすやと眠っている。

傍(かたわ)らでミーシャは母さんのお腹(なか)にそっと手を当て、その神眼(め)で深淵(しんえん)を覗(のぞ)いていた。

「少し熱が高い。魔力の乱れもある」

淡々と彼女は言う。

「症状は風邪と同程度。命に別状はない。だけど――」

「治せぬか？」

こくりと彼女はうなずく。いざとなれば、根源ごと創り直せるミーシャに治せぬとなれば厄介だ。症状は軽いが、ただ事ではあるまい。

「病巣はどこだ？」

「胎内」

じっと神眼を凝らしながら、ミーシャが言う。

「ほんの少しだけ、そこから熱が生まれている。本来は存在しない熱」

《時間操作》でも治せぬ。ミーシャに創り直すこともできぬ。

つまり、母さんの体も根源も正常だ。胎内に熱が生まれるという話だが、異変の原因は恐らく外だ。外からなにかが、母さんの胎内に流れてきている。

恐らくはコーストリアの言っていた――

「《渇望の災淵》とつながってしまったのだ……」

危惧していたといった表情で、パリントンが呟く。

「詳しく訊かせてもらえるか？」

彼はうなずき、説明を始めた。

「銀水聖海にはいくつか、《淵》というものが存在する。それは人々の想いを吸い寄せる、ある種の魔力のたまり場である。災淵世界イーヴェゼイノが有する《渇望の災淵》もその《淵》の一つ。そこにはありとあらゆる渇望が吸い込まれ、魔力となって渦巻いている」

「ミリティア世界に精霊はいるか？」

渇望が渦巻く災淵か。なんとも不吉そうだな。

「ああ」

「災淵世界イーヴェゼイノには、それに似た幻獣という種族が存在する。一般に噂と伝承で生じる精霊とは異なり、イーヴェゼイノの幻獣は渇望から生まれる」

「《渇望の災淵》から生まれるということか？」

パリントンが首肯する。

「幻獣の源は、渇望。渇くほどの強い欲だ。優越、服従、秩序、防衛、支配、それらを欲する心、銀水聖海に蔓延る渇望こそが、奴らを形作っているのである」

彼は続けて説明する。

「《渇望の災淵》の底には、濃縮された欲望が淀み、溜まる。その最も濃い渇望からこそ、最強の幻獣、アーツェノンの滅びの獅子が生まれる。獅子は百獣の王を意味する。すなわち、奴らは幻獣の王なのである」

「どんな渇望から生まれた？」

コーストリアやあの隻腕の男は、渇望から生まれた幻獣ということか。

「銀海に災いをもたらす、ありとあらゆる渇望を宿すと言われているが、最も強くその核をなすのが破壊衝動である。それゆえ、奴らは滅びの獅子と忌み嫌われ、その身に強大な滅びの力を宿す」

ふむ。大凡、話が見えてきたな。

「災淵の底と母さんの胎内がつながっているというのは、等しくなっているという意味か。つまり、《渇望の災淵》自体が母さんの胎内というわけだ」

「左様である。どうやら生まれ変わろうとも、《渇望の災淵》からは逃れられなかったようである」

ルナ・アーツェノンはイーヴェゼイノの住人。経緯はわからぬが、転生した彼女はミリティアの住人となった。

更に転生し、今度は力なき人間、イザベラとして生まれた。《転生》を使っていないはずだ。根源の形も変わっている。それでなぜ未だにイーヴェゼイノの《渇望の災淵》が母さんにつきまとうのか？

「コーストリアの話では、母さんは幻獣に魅入られたそうだが？」

「懐胎の鳳凰と呼ばれる幻獣だ。子を産みたいという渇望は力を持ち、我ら姉弟に災いをもたらしたのである。姉様は災禍の胎を宿命づけられ、私は災禍の臓を宿命づけられた」

「お前の体内も《渇望の災淵》につながっていると？」

パリントンはうなずく。

「魔法人形の体になれば逃れられると思ったが、傀儡皇ベズの《赤糸の偶人》であろうと、それは変わらなかったのだ」

パリントンは根源を《赤糸》にくくられ、傀儡世界ルツェンドフォルトの元首となった。体を真っ新に取り替えても変わらぬということは、根源に紐づけられた力か。

《赤糸の偶人》になったとて、パリントンの根源の形はそれほど大きくは変わっていまい。母さんの根源は、ほぼ別人に変わっているはずだがな。

「その懐胎の鳳凰はなにがしたい？　幻獣が渇望から生まれるなら、そもそも母胎を必要とはしまい」

「幻獣とは、その名の如く実体がないのである。アーツェノンの滅びの獅子も同じく、《渇望の災淵》にいるときは形の定まらぬ幻のようなもの。その状態では意識も乏しく、己の渇望に従うのみの獣だ。母胎を通さなければ、授肉することができないのである」

なるほど。

「災禍の淵姫は、アーツェノンの滅びの獅子を授肉させるための存在か」

すると、パリントンは真顔になる。

「一つ、訊かなければならぬことがある」

彼はこの上なく真剣な顔で、重々しく俺に尋ねた。

「アノス。お前は姉様の実の子か？」

パリントンの言うことが真実ならば、俺は《渇望の災淵》から産み落とされた、アーツェノンの滅びの獅子だ。まともに産まれぬはずのヴォルディゴードの子を、産むことができたのはそのためか？

「二千年前と今の時代、母さんは俺を二度産んだ。確かに俺の魔力はコーストリアたちに酷似しており、よくわからぬ共鳴もする」

「……そうであるか……では、言っておかねばなるまい……」

そう前置きし、彼は唇を真一文字に引き結ぶ。

「アノス。お前には過酷な宿命が待ち受けているであろう。アーツェノンの滅びの獅子は、災厄そのものである。一度その渇望が目を覚ませば、破壊衝動に駆られ、この銀海すらも滅ぼすと言われている……」

ふむ。破壊衝動か。

今のところは、これといって感じぬがな。

「しかし、安心するのである。私の《赤糸》は運命をくくる。姉様の子を、平穏なる運命にくくりつけるために、私は傀儡皇ベズと取引をしたのだ」

いつか出会う姉のために、傀儡世界の元首になったわけか。パリントンはこの日に備えていたのだろうな。

「心遣いに感謝しよう。だが、これでも精神は安定している方でな。特に必要ないとは思うぞ」

「……そうであれば、よきことである……」

歯切れが悪いな。アーツェノンの滅びの獅子であれば、避けられぬ運命だということか。

銀水聖海を滅ぼす災厄という大層な代物だ。

心配するのも無理はないが、俺にとっては二の次だな。

「そういえば、コーストリアはどうやって授肉した？」

ベラミーはコーストリアを生まれて千年足らずの小娘と言っていた。

彼女の出生の際、母さんはミリティア世界で転生途中だ。残るはパリントンの子という可能性だが？

「私の祖父――イーヴェゼイノの幻獣機関に、所長のドミニクという男がいる。幻獣の研究者なのだが、頭がイカれている。恐らくは奴が別の方法で生みだしたのであろう」

ふむ。少々気になるところだが、母さんの容態には関係なさそうだな。

後回しでいいだろう。

「《渇望の災淵》は己の意思か、あるいは子を孕むときにつながるとコーストリアが言っていたが？」

母さんは《渇望の災淵》のことは知らぬ。深淵を覗いても、魔力は一人分しかない。子を孕んでもいないだろう。

「……考えられる原因は二つ。一つは、私のせいかもしれぬ……。姉様と会ったときに、私と彼女は共鳴した。私とつながる《渇望の災淵》が、姉様の《渇望の災淵》を呼び起こしてしまったのだ……」

「もう一つは？」

「呼び起こしただけではまたすぐつながりは切れるであろう。そうならないのは災淵の底で大きな変化があったと思われる。たとえば、あちら側で、授肉していない滅びの獅子が暴れ狂っている、などである」

偶然とは思えぬな。《渇望の災淵》はイーヴェゼイノにある。滅びの獅子を暴れさせることも奴らには可能だろう。

直接の襲撃に失敗したため、業を煮やして、強硬手段に出たか？　しかし、それでなんになる？

「同じ《渇望の災淵》につながっているお前に影響がないのはなぜだ？」

「量が違うのだ。私が引き受けている《渇望の災淵》は、せいぜいが姉様の四分の一。この《赤糸の偶人》ならば、制御は容易い」

「このままだとどうなる？」

「……わからない。恐らく、姉様は転生したことにより、《渇望の災淵》の制御がまったく行えなくなってしまったのだ。それゆえ、多少幻獣が暴れただけで魔力を乱し、熱を出してしまう。もしこのまま悪化するようなら、危険である」

魔力も使えぬただの人間だ。《渇望の災淵》とやらの力は、少々手に余るだろう。まして、イーヴェゼイノが仕掛けてきたことなら、このまま事なきを得るとは思わぬ方がよい。

「一つ、姉様の容態を回復させる手段がある」

パリントンは自らの頭に魔法陣を描き、そこに手を突っ込む。取り出したのは、魔法石だ。

「《記憶石》という魔法具だ。ここに姉様と私の過去がある。この過去を見れば、姉様は昔を思い出すかもしれない」

「思い出せば、《渇望の災淵》を制御できるようになるか」

「昔の姉様は、十分に制御はできていたのだ。今、魔力が乏しくなっていようとも、やり方さえ理解すれば……」

パリントンが《記憶石》に魔力を送る。すると一本の魔法線が伸びていき、母さんの頭につながった。

「そう急くな」

《破滅の魔眼》で睨み、魔法線を切断する。

「なにを……？」

「それを貸すがいい。俺を経由して、母さんに記憶を送る。構わぬだろう？」

一瞬、無言で考えた後、パリントンは俺に《記憶石》を渡した。

「勿論である」

手にした《記憶石》に魔眼を向ける。頭の中に入れておくことで、特定の記憶を保存できる魔法具のようだな。それを他者の脳とつなげ、映像として見せることができる。ミリティア世界にある魔法具と大きな違いはない。

もっとも、秘められている魔力は数段上で、記憶できる量は一万年以上もある。《記憶石》を握り、魔力を送る。母さんと魔法線をつなげば、頭に映像が浮かび始めた。

瞬間、バタンッと大きな音が響く。

「――ちょっと待ったぁっ！！！」

ドアを開け放ち、やってきたのは父さんだ。

「アノスッ。俺も経由してくれ！」

パリントンは訝しげな視線を向けた。当然だろう。父さんを経由しても、特に意味はない。

「申し訳ないが、誰にでも、見せられるものではないのである。姉様と私の大切な過去だ」

「いや、そりゃ、そうかもしれねえが、だけど、俺は……」

父さんはいつになく真剣な表情で、パリントンを見据える。

「俺はイザベラの夫なんだっ……!!」

一瞬、パリントンは表情を険しくする。まるで刺すような鋭い視線だ。

「イザベラの容態に関わることなら、一緒に、見ておきたい。そりゃ、俺は魔法も使えねえし、なんの役にも立たねえかもしれねえけど……でも、それぐらいは、したいんだ。な、頼むっ、

「頼む、この通りだ！」

ダンッと音を立てて、父さんが床に頭突きをする。平伏したかったのだろうが、勢いが余ったといったところか。

唖然とするパリントンに、額から血を流しながら、父さんは叫んだ。

「頼む！　義弟よっ!!」

ふむ。初対面の義理の弟にこの勢い、さすがは父さんといったところか。

「……そういうことであれば、構わない……」

「おお、ありがとう、義弟よ！」

父さんが起き上がり、パリントンに抱きつき、バンバンと彼の背中を叩く。勢いに負けて、パリントンはなすがままになっていた。

「父さん、少し静かにせよ」

「お、おう……悪い……」

大人しくなった父さんに魔法線をつなぐ。再び《記憶石》に魔力を送れば、魔法線を通して記憶が流れ始める。

過去の映像が頭に浮かんだ――

§15. 【幻魔族と渇望】

一万八千年前――

雨が止むことのない場所、災淵世界イーヴェゼイノ。

渇いた心が水を欲するように、《淵》に引き寄せられた人々の渇望は雨へと変わったが、降れども降れどもその渇きが満たされることはない。

降りしきる雨粒はやがて大地を抉り、いつしか大きな穴を穿っていた。

深く、深く、世界の底へ達するような、途方もない水溜まり。そこには、ありとあらゆる欲望が溶けている。

《渇望の災淵》。

その《淵》の誕生以来、イーヴェゼイノの住人たちは、誰しもその影響を受け、己の生を左右される。水溜まりに棲む渇望の獣ども、すなわち幻獣は、生物の心に取り憑き、己の欲へ染め上げるのだ。

支配欲、愛欲、食欲、秩序欲、承認欲。誰もが持つ自然な欲求が、この《淵》に集い、混ざっては濁り、常軌を逸した黒き渇望へと変わる。それが狂った怪物を生むのだ。幻獣が跋扈する災淵世界では、人は簡単に狂い、他者を襲う災厄と化した。

それゆえ、法による統治が満足に働かず、力と知恵のみが生き残る手段だった。殆どの種族は死に絶え、生き延びたのは幻獣に適応した、幻魔族と呼ばれる者たちのみだ。

そして、彼らにとってもイーヴェゼイノは過酷な環境だった。幻魔族たちは、その大半が幻獣に取り憑かれており、ときに他の世界さえも欲望のままに襲った。

彼らの渇望が目覚めれば、道理や法に意味はなく、力で止める以外の術はない。災淵世界が、忌み嫌われる理由の一つだ。

しかし、そんなイーヴェゼイノの住人たちの中にも、ごく僅かではあるものの、幻獣に支配されず、理性を保てる者がいる。

大きく分ければ、二種類だろう。

一つは、心を支配されないほど強い意思を持っている者。もう一つは、幻獣を凌駕するほどの強い渇望を持っている者だ。

大きな渇望は、小さな渇望を飲み込んでしまう。たとえ、それが幻獣のものだとしても。

ルナ・アーツェノンはどちらだったのか？　少なくとも彼女は、幻獣と触れ合っても心を乱すことは決してなかった。

「――朱猫ちゃんと蒼猫ちゃんは、いつも仲良しだけど、夫婦なの？」

《渇望の災淵》、その畔にてルナは二匹の幻獣に話しかけていた。

実体のない幻獣は、常人には見ることができない。

彼女はイーヴェゼイノの幻魔族の中でも、優れた魔眼を持っていた。

柔和な表情をしており、髪はショートカット。活発そうな十代の少女といった印象だが、ルナはすでに悠久の時を生きていた。

「姉様、授肉していない幻獣は子を作れません。夫婦ではなく、共依存といった類の渇望から生まれた幻獣ではないでしょうか？」

そう口にしたのは、弟のパリントンだ。髪はおかっぱで、顔つきは少々厳つい。彼もまた年経た幻魔族だ。

「でも、いつか授肉するかもしれないんだから、今から夫婦になっててもいいじゃない？」

ルナが楽しそうに笑いながら、朱猫と蒼猫を自らの肩に乗せる。二匹の幻獣はルナの顔にすり寄る。

その幻体が崩れ、泥のように浸食しようとするが、彼女はまるで意に介さなかった。

「姉様。幻獣に触れるのはそのくらいになさった方が」

「ねえ、パリントン。やっぱり夫婦っていいよね」

二匹の幻獣を肩に乗せたまま、ルナが散歩でもするように歩き出す。

「姉弟よりも、よいものでしょうか？」

「ふふっ、それは比べるものじゃないと思うなぁ。パリントンもいつか、素敵なお嫁さんを見つけるんでしょ」

「イーヴェゼイノに、結婚の制度はありません」

「制度なんていいじゃない。愛する二人が誓いを立てれば、それはもう結婚ね」

あまり実感が湧かないといった風に、パリントンは首を捻る。

「……誓いなら、幼い頃に立てましたが」

「あー、そういえばそうだね。約束したっけ？」

くすくす、と思い出すようにルナは笑う。

「パリントンと結婚するって。子供だったなぁ。懐かしい」

「姉様は昔から、そんなことばかり言っていますね」

「だって、女の子だもん。そういうのってやっぱり夢でしょ」

楽しげにルナは言う。

「でも、姉弟は結婚できないいんだから、いい人を探さなきゃ。パリントンはそういう人いないの？」

「僕は姉様がいれば、十分ですから」

「あら？　でも、いつも言ってるじゃない？　結婚しちゃったら、姉弟はもう一緒にいられないの。だから、パリントンも頑張らなきゃ」

二匹の幻獣を撫でながら、「ねー、猫ちゃん」とルナは笑う。その様子を見つめながら、パリントンは暗い表情で言った。

「姉様は」

低い声で、彼は訊いた。

「いるのですか？　いい人が」

「そんなにすぐ見つからないよー。イーヴェゼイノには結婚願望のある男の人少ないし」

ぼやくようにルナが言う。結婚の制度自体がないため、当然のことではあった。

「あーあ、どこかにいい人いないかなぁ？　わたしね、運命の人っていると思うの。誰かがわたしを迎えに来てくれて、ここから連れ出してくれる。そうなったら素敵ね」

パリントンはやはり暗い表情のままだ。

「……ドミニクが認めるかどうか」

「こら、お祖父様でしょ。大丈夫、ちゃんとわかってもらうわ。わたしが本当に愛する人なら、わたしをちゃんと愛してくれる人なら、きっとお祖父様も祝福してくださると思うの」

パリントンは俯き、視線を険しくした。そうして、吐き捨てるように言う。

「あの人に、人らしい心を期待しない方がいい。幻獣に魅入られ、とうの昔に狂っている」

「そんなことないわ。お祖父様は、それは幻獣の研究が大好きよ。でも、わたしの誕生日にはいつもちゃんとお祝いをしてくれるし、優しいところもちゃんとあるの」

「そうでしょうか……」

ルナはくるりと踵を返す。

「どうしても許してもらえなかったら、家を出るわ」

二匹の幻獣がルナの肩から飛び降りる。出来たばかりの水溜まりに着地すれば、周囲に飛沫が飛び散った。

「……姉様は今の暮らしが、そんなに不満なのですか？」

「うぅん。不満なんてないわ。お祖父様の作った幻獣機関のおかげで、研究塔は安全だし、アーツェノンの家は裕福で、毎日だってご馳走を食べられるし、素敵なドレスも、綺麗な宝石も、なんだって用意してもらえる」

ちゃぷちゃぷと水で遊ぶようにしながら、ルナは水溜まりを歩いていく。

ふふっ、と彼女は笑った。

「お姉ちゃんはね、楽しみにしてるの。きっと、いつか会えるわ。世界はこんなに広くて、イーヴェゼイノの外にも海はどこまでも広がっているもの」

降り注ぐ雨に打たれながら、ルナはまるで猫たちと踊るように軽い足取りで進んでいく。

「愛する人と一緒なら、ほんのちょっとのスープと堅いパンがあればいい。こんな豪華なドレスがなくたって、自分で縫ったツギハギのお洋服を着ればいい。二人で一緒に見られるなら、綺麗な宝石じゃなくても、小さなガラス玉が一つあればいい」

彼女は頭上を見上げる。いつも通り雨が降っているものの、今日の空は青く晴れていた。ルナは大きく両手を広げる。

「いつか、愛する人ができたら、結婚して、二人で小さなお店を開くの。その人の子供を産んで、愛情をたっぷりかけて育てるわ。普通の子でいい。元気で、幸せになってほしい」

雨に濡れながらも、彼女は笑っていた。

「なにも、特別はいらない。ありふれた日々でいいわ。穏やかで、優しくて、楽しい、そんな家庭がわたしの夢よ。だからね」

ドレスを翻し、くるくると楽しげに回った後、再びルナは弟へ顔を向けた。

「パリントンも……あ……れ……？」

彼女はお腹を押さえ、苦痛に顔を歪めた。

「姉様？」

「おかしい……な……。食べすぎ……かなぁ……」

「……姉様っ……!!」

水溜まりの中に、ルナは崩れ落ちる。

パリントンが駆けよる姿を最後に、彼女の視界は暗転した。感じていたのは、得体の知れない異物感。

どくん、どくん、と心臓が鳴る。それに混ざり、もう一つ別の心音が聞こえるような気がした。

段々とそれは大きくなる。

段々と異物感が強くなる。

――ねえ、産んで。

声が聞こえた。

不気味な声が。

――早く。

獰猛(どうもう)な声が。

――私を。

――己(おれ)を。

――俺を。

体の内から、身に覚えのない渇望が、衝動として湧き上がる。

苦しくて、思うように呼吸ができない。


——産め。

体内に、獰猛な獣が潜んでいる。それが今にも自分に牙を突き立てようとしているような、そんな底知れぬ恐怖を覚え——

「おめでとう、ルナ。お前の子は、銀水聖海を滅ぼす獅子となるのだ」


——絶望とともに、目を覚ました。

ルナがいるのは、幻獣機関の研究塔。自室のベッドの上に身を横たえている。

目の前にいるのは、白い法衣を纏った男だ。顔の造形は若いものの、異様なほどに土気色で、生気が殆ど感じられない。形容するならば、動いている死体である。

ルナの祖父にして、幻獣機関の所長ドミニク・アーツェノンその人だった。

「……お祖父様……？　なにが…………？」

「おやぁ？」

まるで実験動物に対するような目で、ドミニクはルナを観察する。

「意識があると思っていたが、なかったかよ」

その言葉も、まるで独り言のようだった。

「わたし、外で倒れたの……？」

「喜べや、ルナ。お前に初経が来た」

「初経……？」

ルナは顔を綻ばせる。子供を生む準備ができた。それは、彼女の夢に一歩近づくことでもあった。

「ほんとに、お祖父様っ？」

「ああ、長かったなぁ。わしも嬉しい。ようやっと成功だ。お前はアーツェノンの滅びの獅子を産む。こんなにめでたいことはない」

上機嫌なドミニクとは裏腹に、ルナは真顔になった。

「…………え…………？」

アーツェノンの滅びの獅子は、《渇望の災淵》の底に棲むと言われる幻獣だ。曰く、破壊衝動を持つ幻獣の王。曰く、銀水聖海を滅ぼす災厄。アーツェノン家が発見したことにより、その名がつけられている。

「それ、どういう？」

「なにを惚けておる？　わしらの悲願がようやく叶うのだ！　アーツェノンの始祖がなしたと言われる滅びの獅子の授肉。太古に失われたその魔法技術の神髄に、とうとう指先がかかった！」

意気揚々とドミニクが語る。

「アーツェノンの滅びの獅子は《渇望の災淵》の底に棲む。さすがに、わしも手が出せんかった。だが、果たして《渇望の災淵》の底まで行ける者がいるのか？　滅びの獅子でさえ、そこから出てこれんというのに」

まるで自らの研究成果を語りたくて仕方がないといった風だった。

「そこで考えたがや！　《渇望の災淵》自体を母親の胎内にしてしまえばいい。そうすれば、アーツェノンの滅びの獅子を産むことができる。これが恐らく、残された文献にあった災禍の淵姫の真相だ」

死体のような顔で、死んだような目をしたまま、ドミニクは笑みを覗かせる。

「だが、やはり問題があった。いかにして、《渇望の災淵》を子宮に変えるのか。その答えが、お前が持つ渇望よ」

なにがなんだかわからないといった顔で、ただ呆然とルナは祖父を見返した。

「子を産みたいというお前の強い渇望を、幻獣としたのだ。懐胎の鳳凰。こいつは、お前の胎内を《渇望の災淵》に等しくする力を持つ。早い話、お前が産んだ子はアーツェノンの滅びの獅子として授肉する」

「……ま、待って……」

青ざめた顔で、ルナが言う。

「待って、お祖父様。あのね……」

「あん？」

「それは、その、お祖父様の研究は大事かもしれないけど、でも、わたし、産みたくないわ」

「今更、なにを言うがや。お前は、そのために作らせた。お前のわがままを聞き、渇望を満たしてやっとるのも、お前が滅びの獅子を産む大切な母胎だからよ」

目を丸くして、ルナは死人のような祖父の顔を見た。

「ん？　言ってなかったかや？」

「……嘘……」

呆然とルナは呟く。

「……嘘……よね……？」

ドミニクは返事をしない。

「……どうしたの、お祖父様？　こんなのおかしいわ……なにがあったの……？」

ルナがドミニクの肩をつかむ。

「ねえ。お祖父様、正気に戻って！　いつもの優しいお祖父様はどこへ行ったのっ？　いくら研究のためだからって、こんなひどいことをしたりなんか――」

「静かにせい。鬱陶しい」

ドミニクが軽く振り払えば、ルナは弾き飛ばされ、ベッドに強く叩きつけられた。彼女は祖父の豹変が信じられないといった表情を浮かべる。

「諦めぇや。懐胎の鳳凰はもう生まれた。今更わしにもどうしようもない」

「……嘘……」

「幻獣のことで、嘘は言わん。知っとるだろう」

目の前が闇に閉ざされたような、そんな瞳でルナはただ虚空を見つめた。

「お前は子を産むだけでいい。伴侶は好きにせえ。今まで通り暮らせる。なんの不満があるがや？」

「だって……」

震えながらも、ルナが呟く。先程の絶望が、彼女の頭をよぎった。

——おめでとう、ルナ。お前の子は、銀水聖海を滅ぼす獅子となる。

「……お祖父様は、銀水聖海をどうしたいの…………？」

死んだ目をしながら、ドミニクは答えた。

「知らんがや。わしは、アーツェノンの滅びの獅子を近くで見たいだけよ。手はどうなってお る？　足はどうなっておる？　文献にあったアーツェノンの爪とは？　どうやって銀水聖海を滅ぼす？　ワクワクしてこんか？　のう？　ワクワクするじゃろいっ」

「イーヴェゼイノだけじゃなくて、他の世界にだって災厄をふりまくわっ……!!」

「おお、それだなぁ。それが早う見たい。どんな災厄だ？　どうやって滅ぼす？」

死人のような顔で、目だけはギラギラと輝かせて、まるで夢を追いかける少年のようにドミニクは語った。

ルナは言葉を失い、俯いた。なにを言っても、祖父を説得できぬと悟ったのだろう。

それゆえ、彼女は言ったのだ。強い意志を込めて。

「……産まないわ……」

「あぁ……？」

キッとドミニクを睨みつけ、ルナは大声で言葉を突きつけた。

「お祖父様はわかってないいっ。もっとよく考えてっ！　ちゃんと考えてよっ」

「わしに意見するなや。幻獣のことはよぉーく考えておる。我が子のようにの」

「世界を滅ぼしたい子がどこにいるのっ？　生まれながらに災厄だって言われて、祝福もされないで生まれてくるなんて、そんなことってある⁉　生まれてくる子は幸せにならなきゃ、そんなの嘘だよっ……！」

「好きにすりゃいいがや」

ルナに取り合うつもりはまるでなく、ドミニクは《転移》の魔法陣を描いた。

「お前は産む。イーヴェゼイノの幻魔族は、己の渇望に逆らえやせん」

「産まないわっ、絶対っ！　誰も好きになんてならないっ！」

死体のような目でドミニクはルナを見る。

強い意志を持って、彼女は祖父を睨み返した。

それ以上はなにも言うことはなく、ドミニクは転移していった。

§16. 【同盟】

パブロヘタラ宮殿。魔王学院宿舎。

《記憶石》の映像を頭の片隅に流しながら、俺は母さんを見つめる。閉じたまぶたから涙が滲み、こぼれ落ちた。

「……どうして……」

譫言のように、母さんは呟く。

思い出しているのか？　少なくとも、胎内にある《渇望の災淵》はまだ制御できていない。

俺は《記憶石》の映像を停止する。パリントンが怪訝な表情でこちらを向いた。

「なぜ止めたか……？　まだ姉様は記憶を取り戻していない」

「熱が上がった」

母さんの容態に神眼を向けたまま、ミーシャが言った。彼女は指先を伸ばし、こぼれた涙を優しく拭う。

「たぶん、《記憶石》が原因」

「頭の中に記憶が流れることで、当時の渇望を反芻しているといったところか。それにより、《渇望の災淵》とのつながりが増したか、体に悪影響を与えている」

先程よりも胎内の《渇望の災淵》が活発だ。母さんの体に得体の知れぬ魔力が生じているのがわかる。パリントンは心配そうな顔で母さんを見た。

「イーヴェゼイノへ赴き、懐胎の鳳凰を滅ぼした方が確実だ。ついでにドミニクに釘を刺しておけばよい。二度と母さんに手を出すな、とな」

「それができるのなら、やっている」

苦々しい顔でパリントンが言う。

「授肉していない幻獣は滅ぼせない。幻のように実体が定まらない獣、ゆえに幻獣と呼ばれているのである。始まりは姉様の渇望だが、《渇望の災淵》では同じ渇望が引き寄せられる。この銀水聖海に溢れる子を持ちたいという数多の渇望こそが、すなわち懐胎の鳳凰なのだ」

子を持ちたいと願う者は多い。それらすべての渇望を断つのは確かに難しいだろうな。

「つまり、滅ぼすには授肉させればいいわけだ」

「その秘術は幻獣機関にしか……」

「お前もイーヴェゼイノの住人なら、多少は知っていよう」

「下級の幻獣ならば、私でも授肉させるのは容易い。だが、懐胎の鳳凰は上級以上である。幻獣機関でもドミニクにしかできぬであろう」

重々しい口調でパリントンが説明する。

「なら、そいつにやらせればよい」

「そう簡単な問題ではないのだ。授肉すれば、幻獣は生命に変わる。明確な意思を持って活動を始めるのだ。授肉前の散漫で不安定だった渇望は束ねられるように強化され、《渇望の災淵》と姉様の胎内はより深く結びついてしまうであろう。かつて、幻魔族だった頃の姉様にさえ、ドミニクはそれを行わなかったのであるぞ」

　あれだけ研究の欲に取り憑かれていた男が、懐胎の鳳凰を授肉し、災禍の淵姫の力を高めなかった理由は想像に難くない。

「母胎がもたぬか」

「今の姉様では、尚のことである。瞬く間に滅び去ってしまうであろう」

「その前に滅ぼせばどうだ？」

　パリントンは鋭い眼光を放つ。

「姉様を危険に曝すようなことはできん。万一のことがあればどうするか？」

「悠長に過去の記憶を見せたところで、思い出すとは限らぬ。思い出したとて、《渇望の災淵》を制御できるようになる保証もない」

「必ず思い出すはずである。記憶も、その力の扱い方も」

　はっきりとパリントンは断言する。

「私と姉様の絆は、深く結びついている。生まれ変わろうと、こうして再び出会えたように、またかつてのように戻ってくれるはずである」

「過去の記憶を見せれば、症状が悪化する。戻る前に万一のことがあればどうする？」

　そう口にすれば、彼は押し黙った。

「コーストリアは母さんを狙っていた。奴らが《渇望の災淵》から、これを引き起こした可能性もあろう。ドミニクはアーツェノンの滅びの獅子を授肉させるのに成功したようだが、恐らくそれは完全ではなかったのだ」

　それゆえ、災禍の淵姫を求めた。研究が順調だったならば、今更母さんに固執などしまい。

「母さんの容態を見ながら、熱が下がったときに《記憶石》を使う。記憶が戻り、制御できるようになればそれでよい。だが、備えはしておくべきだ」

パリントンは真剣な顔で俺を見返す。いくら懐胎の鳳凰を滅ぼす方が確実と言っても、信じられぬだろう。俺がアーツェノンの滅びの獅子なら、幻獣を知り尽くしたドミニクには敵わぬと思っても不思議はない。

「母さんに過去を見せながら、同時に懐胎の鳳凰を滅ぼす手段も探る。それで文句はあるまい？」

「……理屈はわかるが、クリアしなければならぬ問題がある」

重々しい口調で、彼は言った。

「外の世界の住人はイーヴェゼイノへ入ってはならないのだ」

「なぜだ？」

「……災淵世界イーヴェゼイノには、眠り続ける不可侵領海がいる……」

口にするのもおぞましいといった風に、パリントンが言う。

「災人イザーク。災淵世界の主神であり、元首でもある、半神半魔の怪物が。決して、起こしてはならぬと言われている。イーヴェゼイノの住人とて、触れようとはしない」

主神と元首を兼ねる、か。半神半魔ゆえの特性なのだろうな。

「起こせばどうなる？」

「気まぐれに世界を一つ容易く滅ぼす災人、それがイザークだ。己の渇望のままに振る舞い、欲望を満たすために生きる。其はすでに人に非ず、災いそのものだと銀水聖海では語り継がれている」

不可侵領海ということは、二律僭主並の力か。あるいは、それ以上といったことも考えられる。しかし、アーツェノンの滅びの獅子に加え、災人か。一つの世界に、二つも災いを抱えるとは、災淵世界と名づけるわけだな。

「太古の昔、災人は災淵世界に興味をなくし、眠りについた。眠りこそがそのとき災人にとって、最も強き渇望であったからだ。災人の渇望を刺激する者があれば、彼は再び目を覚ますと言われている」

災淵世界に興味をなくそうとも、外の世界のものならば、災人イザークは渇望を抱くやもしれぬ。ゆえに、イーヴェゼイノに立ち入ってはならないということか。

「イザークが目覚めれば、姉様を助けるどころではない」

「なに、そのときは、また寝かしつけてやればいい」

パリントンは口を真一文字に引き結ぶ。

「怖じ気づいたのなら、お前は待っていろ。姉が苦しんでいるというに、起きるかどうかもわからぬ男がそんなに恐いのならな」

「恐れなどあるかっ!! 姉様のためならば、私はこの魂すらも捧げる所存であるっ!!」

血相を変えて、パリントンは声を荒らげた。

「決まりだな」

パリントンはばつが悪そうに視線を逸らし、椅子を引き寄せた。着席し、彼は言った。

「……まずイーヴェゼイノへ入る手段を考えねばならん。奴らは災人を起こしたくはない。無理矢理入ろうとすれば衝突は必至である。下手をすれば、我々と災淵世界の戦争だ」

「事を荒立てずに入れるなら、それに越したことはないが」

目的は懐胎の鳳凰を滅ぼし、母さんと《渇望の災淵》のつながりを断つことだ。とはいえ、あちらの世界へ出向く以上、外から入ろうとすれば、まず気づかれる。母さんの容態が悪化することを考えれば、あまり時間をかけるわけにもいくまい。場合によっては強行突破が最善ということも考えられよう。

「──話は聞かせてもらった」

肩で風を切りながら、部屋の入り口に姿を現したのは、聖剣世界ハイフォリアの狩猟貴族、伯爵のバルツァロンドだ。

その後ろにエールドメードがいた。

「なんでも、話があるらしいぞ。面白そうなので、通してしまった」

燐死王が言う。

バルツァロンドは堂々と訪ねてきたのだろう。

「イーヴェゼイノへ入るのなら、このバルツァロンドに秘策がある！」

まっすぐな瞳を彼はこちらへ向けてくる。

「聖王の命令か？」

「私を聖王の命がなくば動けぬ男と見てもらっては困るな。無論、これは独断である」

奴は背筋を伸ばして立ち、ばっと腕を伸ばした。

「ハイフォリア五聖爵、伯爵の名と命にかけて誓おう。このバルツァロンド、生まれてこの方、嘘をついたことはありはしないっ！」

「先程の法廷会議では嘘があったようだが？」

「うぐ……‼」

一秒で論破され、バルツァロンドはたじろいだ。

「え、ええいっ。あれは違うっ！」

「どこが違う？」

「人を救うための嘘は、嘘ではないのだっ‼」

ふむ。

ここまで堂々とされると、疑う気も失せるというものだ。まあ、二律僭主と俺が接触していないと嘘をついてくれたおかげで、面倒事を避けられたのは確かだ。

「なにが目的だ？」

「夢想世界フォールフォーラルの滅亡について」

バルツァロンドが真剣な面持ちで言う。

「私はあれを災淵世界イーヴェゼイノの企てと睨んでいる」

ない話ではないがな。俺が知る限りは、奴らが一番怪しい。

「根拠は？」

「フォールフォーラルに入れるのは、パブロヘタラの学院同盟のみ。怪しいのは新参者。すなわち、イーヴェゼイノかミリティアだ。私の勘では、貴公はやっていない」

残りはイーヴェゼイノというわけだ。だが、霊神人剣の柄が、俺をアーツェノンの滅びの獅子と認定したことは確か。奴にとってはイーヴェゼイノと同じ存在である俺を、そうそう無実と信じられるものか？

考えるだけ詮無きことやもしれぬな。虚言で取り入ろうとするほど頭が回る質ではあるまい。

「要はお前もイーヴェゼイノへ行き、奴らが首謀者だと突き止めたいということか？」

「その通りだ。貴公はイーヴェゼイノへ行く手段を持っているが、それを知らない。私は教えることができる。悪い交換条件ではないはずだ」

得意気にバルツァロンドは言う。

「どんな方法だ？」

「銀水序列戦だ。これは、所有する銀泡が多い学院の世界が舞台となる」

バランディアスは複数の銀泡を所有していたため、前回の銀水序列戦では第二バランディアスが舞台になったわけだ。

「イーヴェゼイノが所有している銀泡は？」

「一つだ。第一イーヴェゼイノしかない。ゆえに、深層世界のどの学院もイーヴェゼイノと序列戦をしても、あちらの世界には入れない」

一つの銀泡しか持たぬ深層世界は、滅多にないのだろう。浅層世界や中層世界では、聖上六学院であるイーヴェゼイノに銀水序列戦を仕掛けるような者もいまい。

「ミリティア世界が所有する銀泡も一つ。この場合は序列が上の世界が舞台となる」

ミリティアとイーヴェゼイノが序列戦を行えば、堂々と災淵世界に入れる、か。

「そもそもイーヴェゼイノが銀水序列戦を受けなければよいだけの話だ。応じざるを得ない状況に持っていく必要があるはずだが？」

奴らもパブロヘタラのルールは知っていよう。災淵世界に他の世界の住人を立ち入らせたくないのならば、当然、ミリティアとの銀水序列戦は避けるはずだ。

「そこまでの考えはありはしない」

きっぱりとバルツァロンドは言った。相も変わらず、所々抜けている男だ。

「しかし、イーヴェゼイノはどうやら貴公と和解がしたいようだ。話をする機会はある」

ほう。

「コーストリアの態度を見る限り、そうは思えなかったが？」

「貴公との揉め事はコーストリアの独断であると聞いている。イーヴェゼイノの元首代理ナーガ・アーツェノンより、パブロヘタラに仲裁の申請があった。我がハイフォリアが間に入る。五聖爵の一人として、私が仲裁人を任された」

思わぬ申し出だな。

「イーヴェゼイノの意向を無視し、コーストリアだけが勝手に俺に突っかかってきた。その詫びを入れたいということか？」

「元首代理はそう言っている」

さて、どこまで信じればいいものやら？

「つまり、その仲裁の場で銀水序列戦にこぎつけろというわけか？」

「そうだ」

イーヴェゼイノの出方にもよるが、どうにかなりそうだな。

「話はわかったが、バルツァロンド、先にその方法を聞いてしまっては、お前と手を組む理由はなくなったな」

「…………」

しまった、とバルツァロンドの顔に書いてある。

「……先に……信頼を示すことこそ……狩猟貴族の……本懐……」

たらりと汗を流しながら、すがるような目で奴は俺を見た。

「まあよい。お前はなかなか愉快な男だ。イーヴェゼイノ行きの魔王列車に乗せてやろう」

§17.【和解交渉】

翌日。

宿舎の大広間には、オットルルーとバルツァロンド、そして災淵世界イーヴェゼイノの二人がやってきた。

一人は隻腕の男。ミリティア世界を訪れ、母さんを襲った者だ。

そして、もう一人は両足が義足の女である。黒い車椅子に乗っている。材質は主に木のようだが、普通のものではない。本人の魔力を使わずに動いているところを見ると、魔法具だろう。

髪は短く、大人びた顔立ちだ。耳にピアスをつけている。

「初めまして、我らが兄妹」

車椅子の女が言う。オットルルーはいつも通り、事務的な表情を浮かべている。バルツァロンドは唇を引き結び、やはり黙っていた。

「まあ、座れ」

指を弾き、用意した椅子を一つ、魔法で消す。そこへ車椅子の女が移動し、もう一つの椅子に隻腕の男が座った。

「ルツェンドフォルトの殿下までいるとは思わなかったわね」

部屋の隅、椅子に座り、腕を組んでいるパリントンに、車椅子の女が視線を向ける。彼は軽く顔を上げたが、特になにも言わずにまた俯いた。

「うちの客だ。なにか問題か？」

「いいえ」

オットルルーとバルツァロンドは、俺たちの間に立った。

「挨拶が遅れたわね。あたしはナーガ・アーツェノン。災淵世界イーヴェゼイノの元首代理ね」

災淵世界の元首及び主神である災人イザークは眠り続けている。バルツァロンドとパリントンの話では、実質的にイーヴェゼイノを任されているのは、元首代理のナーガだ。幻獣機関所長のドミニクは表へ出てくることはないため、彼女がどこまで実権を握っているかは定かではないらしい。

「それでこっちが、ボボンガ・アーツェノン」

隻腕の男が、幽鬼のような顔で不気味に笑いかけてきた。

「また会ったなぁ、兄弟」

「まずコーストリアの件について謝るわね。ごめんなさい。あなたには手を出さないように伝えたのだけれど、あの子は渇望(かつぼう)に流されやすくて」

申し訳なさそうにナーガは謝罪をする。敵意は特に見られず、人が好(よ)さそうでさえあった。

「一から話せ。我が世界を訪れたのは、なにが目的だ？」

「ここであまり詳しく説明したくはないけど……」

と、一瞬、彼女はバルツァロンドを見た。

イーヴェゼイノと敵対しているハイフォリアの前では語りづらいというのはあるのだろう。

「……仕方ないわね。私たちは災禍(さいか)の淵姫(えんき)を探していたのね。あなたの母親よ」

災禍(さいか)の淵姫(えんき)については、イーヴェゼイノはこれまで詳細を伏せてきた。ここで明かすなら、少なくとも和解の意思はあるだろう。

「どうしてかと言うと、アーツェノンの滅びの獅子(しし)は完全じゃないから」

彼女は自らの義足に触れる。

「これね」

義足に、黒き粒子がまとわりつく。ミシミシとそれが軋(きし)んだ。

ギィン、ギギィ、と妙な耳鳴りが聞こえ、俺の根源と彼女の根源、そしてボボンガの根源が共鳴するような反応を見せている。

「生まれつき、あたしには足以外がないの。わかる？」

足がないのではなく、足以外がない、か。

ミリティア世界でボボンガと対峙した際、奴の存在しない右腕が魔力を発しているかのように感じた。それが確かならば――

「お前は、獅子の両足か？」

「そういうことね。ドミニクがアーツェノンの滅びの獅子を授肉させようとしたんだけど、完全には上手くいかなかったのね。あたしは両足しかないのに、授肉したのはそれ以外。ボボンガも同じよ。半分以上がただの幻魔族の体」

肉眼には見えぬ両足だけが、アーツェノンの滅びの獅子であり、ナーガの本体。それ以外の体は、幻魔族のものであり、滅びの獅子ではない。

「だから、ちゃんと生まれるためには、災禍の淵姫が必要なわけね。それで、彼女がミリティア世界で生きているのがようやくわかって、ボボンガとコーストリアに捜してくるように命令したの」

バルツァロンドがなにかに気がついたような表情を浮かべる。

「どうした？　言いたいことがありそうだな」

「……パブロヘタラは、海域内の治安を守っている。特に泡沫世界や浅層世界に無断で入ろうとすることは、侵略行為と見なしている。未加盟のミリティア世界もパブロヘタラの海域内にあったため守護の対象だった」

それはまた勝手なことだな。

「だが、逆に聖上六学院ならば、パブロヘタラの校章をつけてさえいれば、浅層世界へ許可なく自由に出入りすることができる」

どうりで、皆、ご丁寧に身分がわかる制服で訪れたわけだ。

「ミリティア世界へ穏便に入るために、イーヴェゼイノはわざわざパブロヘタラに加盟したというわけか」

ナーガに視線を向ければ、彼女は笑顔で応じた。

「それだけとは言わないけれど、そう思ってくれてもいいわね。でも、一番は、いい加減狩人さんに追われるのは飽きたってことよ」

ナーガはバルツァロンドへ言う。どこまで本気か知らぬが、少なくともバルツァロンドは信じる気もないようで、厳しい表情を崩すことはなかった。

「獣の言葉に、耳を傾けるなどありはしない」

状況が許せば、今にも狩ると言わんばかりの魔眼で彼はナーガを射抜く。

「狩人さんは相変わらずね。獣はね、自由が欲しいものよ」

そう言って、ナーガは俺に視線を戻す。

「それで、続きだけど、目的は災禍の淵姫を手に入れることだったのね。そうしたら、二人はそこで信じられないものを見つけたわ。アノス・ヴォルディゴード。あたしたちの兄妹を」

まるで俺を歓迎するようにナーガは微笑んだ。

「災禍の淵姫が産んだアノスは、あたしたちよりも正しく授肉することができている。でも、あなたもまだ完全体じゃないわよ。完全体に見えるけど、滅びの獅子として肝心なものが欠けている。今なら、そうね……あたしよりちょっと強いくらいかしら？　わからないけど」

「ほう」

「気になる？」

「そこそこな」

ふふっ、とナーガは笑い、魔法陣を描く。現れたのは赤い爪だ。

「これ、アノスは出せないわよね？　あっちに力を忘れてきたのよ」

俺は魔法陣を描き、ボボンガから奪った赤い爪を出した。

「アーツェノンの爪と言ったか。名前から察するに、滅びの獅子の爪か？」

「そう。これを使って、アーツェノンの滅びの獅子は二度生まれるのね。母を一人占めするつもりかってボボンガが言ったでしょ」

爪を使い、二度生まれる？

「ろくな意味ではなさそうだが？」

「獅子の母のお腹をこの爪で裂いて、今度は逆に胎内から《渇望の災淵》に戻るのね。あっちに残してきた体を取り戻し、授肉させるために。そうしたら、あたしたちは完全体になれる。アノスもあっちに爪を残してきているはずだわ」

ろくでもない話だ。

「母はどうなる？」

「死ぬと思うわよ。でも、関係ない」

俺が魔眼を光らせれば、ナーガは言った。

「それが、ドミニク・アーツェノンっていう男。あたしも、あなたも、あの人にとってはただの実験幻獣にすぎないのよ」

本意ではなかったと言いたいわけか。嘘でなければいいがな。

「母さんを狙ったのはドミニクの命令か？」

「そう。あたしたちには鎖と首輪がついている。渇望を支配されているのね。言えないことはあるし、逆らえないこともある。特に破壊衝動。だから、コーストリアはアノスを壊したくて仕方がない」

俺を壊すという渇望を植えつけられているということか。難儀なことだな。

「でも、ドミニクにも誤算があってね。今、こうしてあたしが喋っているように鎖は完全に機能していない。あたしたちが完全なアーツェノンの滅びの獅子じゃない分、その鎖も完全には働かなかった」

ありえぬ話ではない。

「ドミニクは、アーツェノンの滅びの獅子を研究するために、完全体を生もうとしている。間違いないな？」

「そうね」

「お前たちはどうしたい？」

俺の問いに、ナーガは答えた。

「ドミニクを殺して、自由になりたい。アノスが現れたおかげで、あの人はますます研究塔に閉じこもって、ずっと《渇望の災淵》の深淵を覗いている。研究に没頭して、気が逸れているのね。だから、機会が巡って来れば、必ず殺れるわ」

「法廷会議中に母さんを襲ったのは誰だ？」

「聞いてないけど……ドミニクの仕業に違いないわね……」

「ドミニクはアーツェノンの滅びの獅子(しし)ではないはずだ。俺の《理滅剣(ヴェヌズドノア)》をなぜ使えた?」

「彼はアーツェノンの滅びの獅子(しし)の力を、《渇望(かつぼう)の災淵(さいえん)》から引き出すことができるのね……あなたの元となった渇望(かつぼう)も、そこにある。あたしたちの元となった渇望(かつぼう)も。ドミニクは、あたしたちの魔法なら、なんでも使えるわ」

ふむ。本当になんでもかは疑わしいものだが、事実ならば、《極獄界滅灰燼魔砲(エギル・グローネ・アングドロア)》も使えるだろう。奴(やつ)がフォールフォーラルを滅ぼしたのやもしれぬ。

「ドミニクは今、《渇望(かつぼう)の災淵(さいえん)》でなにか新しいことを始めたわ。それがあなたの母親に悪影響を与えていると思うけれど……?」

「ああ。早急に懐胎の鳳凰(ほうおう)を滅ぼす予定だ」

するとナーガは切実そうな表情を浮かべ、言った。

「……お願い、今は動かないで。必ず、機会は巡ってくる。彼が研究に没頭すればするほど、首輪が緩む。二週間、それだけ待ってくれないかしら……? 必ずドミニクを殺してみせる」

「お前の言っていることが本当とも限らぬ」

《契約(ゼクト)》の魔法陣を描く。今彼女が口にしたことに嘘(うそ)偽りはない、という内容だ。迷わずナーガは調印した。

「約束する。二週間だけ待って」

嘘(うそ)ではない、か。

だが、なんだ? 妙な居心地の悪さを覚えるな。《契約(ゼクト)》に調印した以上は嘘(うそ)ではないはずだが、しかし、少々話が上手すぎる。

まあよい。いずれにせよ、答えは一つだ。

「断る」

ナーガが目を丸くする。

「……理由を……訊いてもいいかしら……？」

「二週間以内に容態が悪化し、死なぬとも限らぬ。今すぐドミニクのもとへ案内しろ。そいつが元凶なら、俺が片をつけてやる」

「ドミニクの一番の目的は、アノスと災禍の淵姫よ。その準備のために、《渇望の災淵》に目を向けているのね。あなたが来たら、あたしたちの計画は台無しだわ」

「闇討ちする必要などない。俺に鎖はついていないぞ」

その言葉に、しかしナーガは首を横に振った。

「言ったわよね、彼は《渇望の災淵》から、アーツェノンの滅びの獅子の力を引き出せるって。彼はあなたと、そしてあたしたち姉弟全員分の力を使うことができるの。どういうことかわかるわよね？」

俺を諭すように、ナーガは説明する。

「アノス。今のあなたよりも、確実にドミニクは強いの」

真顔で彼女は俺に訴える。

「彼を殺す手段は二つだけ。研究に没頭している隙に殺すか、それとも完全体になるかよ。完全な滅びの獅子の力には、さすがにドミニクも及ばない。逆にそうじゃなければ鎖をつけられるだけね」

「ふむ。よくわかった」

するると、ナーガは僅かに安堵した表情を浮かべる。

「それじゃ――」

「尚更お前たちには任せておけぬというわけだ」

ナーガは押し黙る。俺は隻腕の男、ボボンガに視線を移した。

「ミリティアへ来たときは大層吠えていたが、まさか飼い犬だったとはな」

言い返してくるかと思えば、ボボンガはなにも口にせず、そっぽを向いた。今日はずいぶんと大人しいことだな。

「首輪と鎖を見せてみろ。壊してやれば、それで文句はあるまい？」

プライドに障ったか、ボボンガは口を閉ざしたままだ。

「なんとか言ったら、どうだ？」

「…………」

「つながれている本人か、ドミニク。あるいは災禍の淵姫にしか鎖は見えないのであろう」

ずっと黙っていたパリントンがそう言った。

「《渇望の災淵》から、こやつらの根源に鎖がつながれているようである。私にも、朧気に見える程度だ」

「それが見えるのは、あなたの《赤糸》の力かしら？」

ナーガが問う。

「答える義務はないのである」

パリントンはそう答え、また黙った。《渇望の災淵》に鎖と首輪があるのなら、ここでは壊しようもないか。根源を滅ぼすことになるだろう。

「やはりイーヴェゼイノへ行き、ドミニクに会うしかなさそうだな」

「……残念だけど、案内はできないわね」

考えた末の結論か、ナーガがそう言った。

「あたしたちはずっとこの機会を待ってたの。鎖にもつながれず、まともに生まれてきたあなたに、あたしたちの気持ちはわからない。産んでもらったあなたに、産んでもらえなかったあたしたちの気持ちはわからない」

「好きにすればいい。俺も好きにさせてもらおう」

歯を食いしばり、ナーガは訴えるような目を向けてくる。彼女は俺を自由にさせるわけにはいかぬ。俺が災淵世界へ無理矢理入ろうとするなら、ドミニクを殺す計画は破綻するのだからな。

「ではこうしよう。ミリティアとイーヴェゼイノで銀水序列戦を行い、勝った方の要求を吞む。それでどうだ？」

「……なにがあろうと、あなたをイーヴェゼイノに入れるわけにはいかない……」

「ふむ。そうか」

俺はゆるりと椅子から立ち上がる。

「手間をかけさせたな、バルツァロンド、オットルルー。どうやら話は終わりだ」

扉の方へ向かえば、後ろにシンが続いた。

「……待って！」

振り向けば、ナーガは念を押すように言った。

「銀水序列戦で勝ったら、大人しくしてくれるのね？」

「勝てればな」

彼女は意を決したような表情を浮かべた。

「いいわ。序列戦で決めましょう」

交渉成立だ。オットルルーによる《裁定契約（ジゼット）》を結び、ミリティアとイーヴェゼイノの銀水序列戦が決定した。

§18.【訓練】

ナーガとボボンガ、バルツァロンドが帰った後、オットルルーが言った。

「元首アノス。本日の夕刻、またこちらへお伺いします」

「なぜだ？」

「パブロヘタラへの本加盟の審査結果が出る予定です。形式的なものではありますが、可能でしたらご滞在を。難しければ、代理の者にお伝えします」

「戻るようにしよう」

軽くお辞儀をして、オットルルーは去っていった。

「私は一度、ルツェンドフォルトへ戻るのである。明日の準備をしてくる」

パリントンがそう言い、彼も部屋を出ていった。

「終わった？」

ドアからひょっこりとミーシャが顔を出す。

「見ての通りだ。入ってくるがいい」

ミーシャに続きサーシャ、ファリス、エールドメードが室内へ入ってくる。

「イーヴェゼイノとの銀水序列戦は明日だ。あちらの元首と主神、災人イザークとやらは眠りこけているが、それを差し引いてもバランディアスよりは手強い。なにより今回は勝つことが目的ではない」

「懐胎の鳳凰を捜す時間を稼ぐ？」

ミーシャの問いに、俺はうなずく。

「銀水序列戦の間はイーヴェゼイノに滞在できる。俺とパリントンは序列戦を抜け出し、まずドミニクに会う。バルツァロンドはフォールフォーラル滅亡の証拠を捜す」

銀水序列戦に勝利すれば、ドミニクに会わせてもらえる契約だが、いつ母さんの容態が悪化するかわからぬ。

先に手を打たれる前に、行動を起こすのが最善だ。

「ってことは、ドミニクは銀水序列戦には出てこないの？」

サーシャが問う。

「十中八九な。バルツァロンドの話では、奴は序列戦に出たことがない。ナーガも俺とドミニクを接触させる気はあるまい」

研究に没頭しているドミニクにとっては、銀水序列戦など些末なことだろう。奴に余計な警戒心を抱かせたくないナーガは、相手がミリティア世界だということを伏せるはずだ。万一出てきたとて、捜す手間が省けるだけだがな。

「懐胎の鳳凰を授肉させ、滅ぼすまでの間、お前たちは俺がいないことに気づかれぬよう、ナーガからアーツェノンの滅びの獅子を圧倒しろ」

「圧倒するのはわかったけど、勝っちゃってもいけないのよね？」

サーシャが考えながらもそう尋ねる。序列戦が終われば、ナーガと話をすることになるだろうが、俺がいないことに気がつかれる。ドミニクに会う前にその事態に陥るのは避けたいところだ。

「さほど心配せずとも、簡単に終わる相手ではない。特に元首代理のナーガという女はな」

すると、エールドメードが愉快そうな笑みを見せた。

「カカカカッ、まったく面白そうな状況になったではないか！　コーストリア、ナーガ、ボボンガ。わかっているだけでもアーツェノンの滅びの獅子は三人。右腕、両足、両眼だ。他にも左腕や胴体がいてもおかしくはない。勿論、獅子以外の幻獣も」

「バランディアスの城魔族以上の力があるとなると、現代の魔族たちには、荷が重いかもしれませんね」

ファリスの言葉に、ミーシャがうなずく。

「バランディアス戦でも魔力切れだった」

「なに、殻を破るチャンスだと思えばよい」

サーシャがなんとも言えぬ顔をする。

「聞いてたら、みんな間違いなく絶望的な顔になってるわ」

「彼らはあの顔のときこそ、真価を発揮する」

サーシャは呆れたような表情を返してくる。

「熾死王。アレはもう覚えたか？」

エールドメードに問えば、彼はニヤリと思った。

「無論、覚えたは覚えたが、いやいや使いこなすとなれば一朝一夕ではな。アイツらに習得させるのはそれ以上に骨が折れる」

熾死王が杖を振るい、全員に《転移》の魔法陣を描く。視界が真っ白に染まれば、やってきたのはパブロヘタラ宮殿内にある訓練場だ。

アルカナ、ミサ、エレオノール、ゼシアとともに魔王学院の生徒たちが魔法や魔王列車の操縦訓練を行っている。そこかしこで魔力の粒子が荒れ狂っていた。

「ご覧の通り、死ぬ気で訓練中だが、明日までに間に合うかどうか？」

明日までにという言葉に反応し、何人かの生徒たちが一瞬こちらを向いた。

「お前ならば、できよう」

「いやいやいや、そう買い被られても、オレは魔王ではないのだからなぁ。そもそも、教師がどれだけ熱心に指導したからといって、生徒を無限に伸ばせるわけではない」

「胃は伸びるのにか?」

突如、カカカカッとエールドメードは壊れた玩具のように笑い出した。

「確かに、確かに。確かにな。ああ、しかし、それは、なんと言っていいか。そう!」

ダンッと杖をつき、愉快そうに彼は言った。

「地獄を見るかもしれんなぁ」

生徒たちが耳を大きくするように、心なしかこちらへ寄ってきた。なにかに祈るような顔つきだ。

「どのぐらいだ?」

「死ぬ気の上の上のそのまた上の、場合によっては滅ぶより辛――」

エールドメードが言葉を止める。

生徒たちが明らかに、こちらへ近づき、聞き耳を立てている。

「まあ、効率というものがある。これ以上厳しくするとしても」

そしらぬ顔で言いながら、人差し指と親指を近づけ、エールドメードは一センチほどの空間を作る。

「ちょっぴりだ」

「なるほど。ちょっぴりか」

遠くで生徒たちがほっと胸を撫で下ろした。

「ああ。いやいや。いやいや、しかしだ」

エールドメードは人差し指と親指の空間を二センチに広げた。

「ちょっぴりの二倍かもしれないなぁ。ちょっぴり二倍だ」

「一倍も二倍もさして変わらぬ。ちょっぴりぐらいではな」

満足そうな顔をして、熾死王は大仰に礼をする。

「魔王のお墨付きとあらば」

そんなやりとりを交わす俺たち二人に、サーシャが白けた視線を送ってくる。

「……なんか怪しいんだけど……」

「一倍も二倍も同じ……？」

彼女がぼやくと、隣でミーシャが小首を捻った。

「二倍も四倍も同じ？」

「……ちょっぴり無限に二倍だわ……」

「さて」

視線を巡らせば、レイが霊神人剣を素振りしていた。玉のような汗を流しており、根源の数も四つまで減らしている。

だが――

「もう一回行くよ……」

「了解だぞっ」

レイが一歩を踏み出し、エレオノールが張り巡らせた魔法障壁を睨む。

素早く振り上げた聖剣を渾身の力で振り下ろせば、魔法障壁を斬り裂いた。純白の剣閃は、そのまま後ろにあった堅い訓練場の壁を真っ二つにしていた。

僅かにかすっただけのエレオノールの腕から、たらりと血がこぼれる。

「わーおっ……！　レイ君、それ、当たったら死んじゃうぞ……」

まだ完全ではないものの、まずまずの仕上がりか。

「シン、相手をしてやれ」

「御意」

静かに応え、シンはレイのもとへ向かった。

「ファリス、ミーシャはゼリドヘヴヌスで一度ミリティアへ戻れ」

ぱちぱちと瞬きをして、ミーシャが視線で問いかけてくる。

「生まれ変われば別人というのが、銀水聖海の常識だ。だが、母さんはミリティア世界でも同じルナという名を使っていた」

「《転生》を使った？」

「イーヴェゼイノの住人にどこまで扱えたかはわからぬが、ミリティア世界で死んだなら、可能性はある」

火露が移動しただけでは、成立せぬはずだ。

イーヴェゼイノのルナ・アーツェノンは、ミリティア世界を訪れていた。そこで転生したからこそ、名前の記憶が引き継がれたと考えられる。

「痕跡神リーバルシュネッドに、ミリティア世界の痕跡を探らせよ。あるいは、前世の記憶を持った母さんが、そこにいるやもしれぬ」

《記憶石》にあるのは、本来パリントンの記憶。母さんが《渇望の災淵》をどう制御していた

かまではわからぬ。

ミリティア世界になら、その痕跡があるのかもしれない。

「ミリティア世界は転生した。前の世界の痕跡は探しにくい。欠損もあるから」

淡々とミーシャが言う。

「それと、ルナ・ヴォルディゴードは、セリス・ヴォルディゴードと行動をともにしていた。彼は姿を隠すのが上手。神界からでは、わたしの神眼にも映らなかった」

「お前の神眼と痕跡神の権能を合わせれば、見つけられるやもしれぬ」

ぱちぱちとミーシャが二度瞬きをする。

「やってみる」

「行って参ります、陛下」

ミーシャとファリスは《転移》を使い、訓練場から転移した。

「ミサ」

真体を現し、魔法訓練を行っている彼女に声をかける。深層魔法と精霊魔法の融合術式を編み出そうとしているところだった。

「仮面を出せるか？」

ミサは優雅に指先を動かし、魔法陣を描く。闇の中から出現したのは、アヴォス・ディルヘヴィアの仮面である。

「こちらですの？」

「借りるぞ」

ミサからアヴォスの仮面を受け取る。それを身につけ、足元に魔法陣を描く。俺の衣服が、魔王学院の制服から二律僭主の纏っていた夕闇の外套に変わった。

「どうなさいますの？」

「調べたいことがあってな。エールドメード、後を任せる。なにかあれば報せろ」

熾死王に告げ、《転移》の魔法陣を描く。視界が真っ白に染まり、宮殿の外へ転移した。

上空にはちょうど飛空城艦ゼリドヘヴヌスがパブロヘタラから出ようとしているところが見えた。《飛行》で飛び上がり、その艦に並ぶと、俺は《思念通信》を飛ばす。

「道中に気をつけろ」

『アノスも』

ミーシャからの返事が返ってくる。俺は再び《転移》の魔法陣を描く。パブロヘタラの内と外では転移が効かぬが、魔法障壁の外まで出れば問題はない。

再び視界が真っ白に染まり、次の瞬間、木々の緑が目に映った。

幽玄樹海である。《極獄界滅灰燼魔砲》で灰に変わったにもかかわらず、新しい樹木がもう生えている。さすがに元通りとはいかず、ところどころは荒野のままだがな。なかなかどうして、普通の樹海ではない。

「何者だっ……!?」

鋭い声が飛ぶ。数人の男たちが集まってきた。

纏った制服にはパブロヘタラの校章と、本の意匠の校章がついている。百識王ドネルドと同じく、思念世界ライニーエリオンの連中だ。

幽玄樹海の異変を調査しているのだろう。奴らは俺を見た瞬間、一瞬怯んだ。纏った外套に見覚えがあったからだ。

「見てわからぬか？」

奴らは魔眼を凝らし、慎重に俺の出方を窺っている。現在のミサが持つアヴォスの仮面は、レイが使ったときのものと、シンが使ったときのもの、二つの効果を宿している。

つまりは根源を隠し、声を変える。魔法とは違い、ミサの精霊としての特性に付随するものだ。この第七エレネシアでも十全に力を発揮している。これをつけている限りは、俺の正体はわからぬ。

「この樹海に勝手に足を踏み入れるな」

外套の内側に隠した二律剣を握り、影に魔法陣を描く。

「《二律影踏》」

木々の影を踏めば、周囲の樹木が粉々に砕け散った。様子を窺っていた他の者たちが、戦々恐々と目を見張る。

「……やはり……二律……僭主……戻ってきたのか……」

「……だが、どういうことだ……？　なぜ姿が変わっている…………？」

「あの仮面は……？　幽玄樹海が荒野に変わったことと関係があるのか……？」

「と、とにかく退けいっ……!!　生きて戻った者は百識王に報告せよ！　よいな！」

「「りょ、了解っ！！！」」

百識学院の者どもは、散り散りになって逃げていく。

ある者は全力で駆け、ある者は《飛行》を使い、またある者は《転移》にて転移する。別々の方法で逃走を図ることにより、的を絞らせないつもりだろう。

追う気はないがな。これで二律僭主がまだここにいることが広まり、迂闊には寄ってこなくなる。調べ物もしやすくなるというものだ。

「――君が二律僭主？」

聞き覚えのある声に、俺は振り向く。

「話があるんだけど、いい？」

日傘をさした女、コーストリア・アーツェノンがそこにいた。

§19.【獅子の両眼】

コーストリアに魔眼を向け、その深淵を覗く。魔力は平素の状態そのもの、臨戦態勢にはほど遠い。彼女は黙ったまま、俺の返事を待っている。

二律僭主に接触し、どうするつもりだ？

「パブロへタラの者がここへ立ち入るな」

コーストリアの影に《二律影踏》の魔法陣を描き、ゆるりと目前まで歩いていった。だが、そのまま踏み抜かれても構わぬとばかりに、彼女は無防備に突っ立っている。

「私はパブロへタラの味方じゃない。イーヴェゼイノが加盟しただけ」

「手短に話せ」

「君の世界は、もう滅びたんでしょ」

　ふむ。知らぬな。ない話でもないだろうが。

「それは肯定かな？」

　わざわざ尋ねるということは、周知の事実ではないのだろうな。

「好きに判断しろ」

「知ってる人がいないから、直接訊きにきた。君のことは、噂ばかりでアテにならない。二律僭主の世界の名前も、その場所も、どのくらい深層にあったかさえ、誰も知らない」

　パブロヘタラに敵対している不可侵領海だ。接触しないようにしているなら知らぬ者ばかりなのは不自然ではない。

　二律僭主の使う魔法から、ある程度の傾向は摑めそうなものだが、該当する世界がないからこそ、滅びたと推測したか。あるいは出身世界を隠すために、二律僭主は本気を見せなかったのやもしれぬな。

「だとしたら、なんだ？」

「君の世界に《淵》はあった？」

　黙っていると、それを肯定と見なしたか、コーストリアは続けた。

「どんな《淵》？　世界が滅びたら、《淵》も一緒に滅びる？　それとも、《淵》だけは残る？」

「知ってどうする？」

「君には関係ない」

訊いておいてその返答か。誰が相手でも変わらぬ女だ。

「人にものを尋ねるならば、事情ぐらいは話すものだ」

俺は《二律影踏》の魔法陣を消した。

「去れ」

踵を返し、本来の目的を果たすため、幽玄樹海に魔眼を向けた。俺が歩く後ろを、コーストリアがついてくる。

「怒ったの？」

無視して歩いていけば、彼女はなにを考えたか、頭上を向いた。日傘を閉じれば、太陽の光が閉じたまぶたに降り注ぐ。

「災淵世界には《淵》があるの。《渇望の災淵》。銀水聖海の渇望が集まって、災禍に変わる。私はその深淵から生まれたアーツェノンの滅びの獅子」

俺が幽玄樹海の深淵を覗く横で、コーストリアは脈絡もなく話し始めた。

「両眼だけの醜い幻獣」

彼女はそっとまぶたを開く。降り注ぐ日の光が、ガラス玉の義眼をキラキラと輝かせた。

「この義眼、どう思う？」

「普通だな」

振り返りもせずに答えたが、しかし、コーストリアはなぜか顔を綻ばせた。

「そうでしょ」

彼女は静かに瞳を閉じる。

「私はね、私が嫌いなの。私の渇望が。浅ましくて、醜くて、愚かしい。だけど、喉が渇いたみたいにいつも心は抑えられない」

コーストリアはまぶたに触れる。

「私が本当に欲しかったのは、この義眼。これだけが私を普通にしてくれる。醜い獣の魔眼を隠してくれる」

そう口にすると、彼女はなにかを思い出したようにムッとした表情を浮かべた。黒き粒子が彼女の全身から立ち上り、殺気が森中に充満していく。

俺が振り向けば、彼女も足を止めた。

「君にじゃない。ムカツク奴がいてね」

彼女は奥歯を噛み、抑えきれないとばかりに感情を吐露する。

「……私の義眼を奪って、壊して、あいつ、絶対に許さない……」

「手癖の悪い者に会ったようだが」

そしらぬフリをして、俺は言う。

「滅びの獅子の魔眼がそんなに憎いか？」

コーストリアがまた俺を見た。

「憎いよ」

「己の魔眼だろうに」

「それってなにか関係があるの？」

「破滅しか招かぬ」

言い捨て、俺は歩き出す。コーストリアは遅れて、やはり後ろについてきた。

「なにもかもぜんぶぐちゃぐちゃにしてやれって、誰だって思うときぐらいあるでしょ？」

俺は答えない。

すると、少し弱々しく彼女は言った。

「自分が嫌いになるときだってある」

「否定はせぬ」

今度は返事をやったが、関係なしに彼女の語調は弱くなる。

「私はそれが人より、ほんの少し長いだけ」

コーストリアは滅びを厭(いと)わず、《契約(ゼクト)》に逆らった。《二律影踏(ダグダラ)》を使われても、無防備に身を曝(さら)した。

自分が嫌いだという言葉通り、行き過ぎた自己嫌悪(けんお)の為(な)せる技だろう。コーストリアが持って生まれた渇望(かつぼう)が関係しているのか、それともドミニクに渇望(かつぼう)を支配されているからこそか？

「ほら、話した」

すました顔で、彼女は言った。

「教えて。イーヴェゼイノを滅ぼせば、《渇望(かつぼう)の災淵(さいえん)》は滅びるの？」

「それで自らを縛る鎖から解放されるか？」

不思議そうにコーストリアが首を捻(ひね)った。

「どういう意味？」

ふむ。乗ってこぬか。

「不自由そうな女だと思ってな」

「私を縛れる鎖があるならつけて欲しいぐらい。首輪をつけて、厳しく躾けて、そうしたら少しはマトモになれる」

ナーガの話では、コーストリアもドミニクに鎖をつけられているはずだが、気がついていないのか？　馬鹿正直に飼い犬だと吹聴したい輩もいないだろうが、少々解せぬな。

「こないだ母親に会いにいった。私を産んでくれなかった母親。今更、興味なんてなかったけど、ナーガ姉様に言われたし、一応いってみた」

また唐突にコーストリアが話し始める。

「子供を産んで暮らしてた。それがさっきのムカツク奴。姉様は兄妹だから仲良くしろって。完全体に一番近いからだと思うけど。ボボンガもそう」

つらつらと述べる言葉からは、不満ばかりが滲んでいる。

「二人とも完全体で生まれたいみたい。私は理解できない。今まで我慢してたけど、あいつを味方にするなんて言い出したから、冷めちゃった。ねえまだ？」

「なんの話だ？」

「事情を話してる」

ふむ。今のが事情とは思わなかったな。

「たかだか気持ちが冷めたぐらいのことで、《渇望の災淵》を滅ぼしたいのか？」

「私の話を聞かないから。完全体になれなくなっちゃえって思うでしょ」

要はあてつけか。ミリティア世界に来たのも、ただのおつかいだったわけだ。

「はい、話した。次はそっちの番」

「答えるとは言っていない」

俺は《飛行(フレス)》にて飛び上がった。

「待って。ずるい」

すぐにコーストリアが飛んで追いかけてくる。それに構わず、上空から幽玄樹海を見渡し、地上から見た魔力の流れと照合する。

「さっきから、なにをしてるの？」

「傘をさせ」

「はぁ？」

空に手を掲げ、黒穹(こっきゅう)めがけ《覇弾炎魔熾重砲(ドグダ・アズベダラ)》を乱れ撃つ。

「《掌握魔手(レイオン)》」

一瞬でコーストリアを置き去りにし、蒼(あお)い爆炎の中に紛れると、夕闇に輝く二律剣にて、燃える黒穹(こっきゅう)を一閃(いっせん)する。

すかさず《掌握魔手(レイオン)》の手にて銀灯(ぎんとう)をつかむ。光が増幅され、その風に乗って、俺は第七エレネシアの外へ出た。

「《森羅万掌(イ・グネアス)》」

二律剣を鞘(さや)に納め、また外套(がいとう)の内に隠すと、蒼白(あおじろ)き右手にて周囲にある銀水をつかんだ。

俺は再び第七エレネシアへ降下する。黒穹(こっきゅう)から空にまで戻ってくると、唖然(あぜん)としているコーストリアが見えてきた。

「……なにを………？」

「傘をさせと言ったはずだ。雨が降るぞ」

《森羅万掌(イ・グネアス)》でつかんだ大量の銀水が、土砂降りの雨と化して、幽玄樹海に降り注ぐ。

「日傘なんだけど……」

言いながら、日傘に魔法陣を描き、彼女は頭上に強固な魔法障壁を展開する。銀水の雨はまるで刃物のように鋭く、魔法障壁に突き刺さっては魔力を奪う。それは地上に降り注ぎ、次々と大地を抉(えぐ)った。

「この間は荒野にして、今度は銀水？　幽玄樹海を壊してどうす――」

コーストリアが目の前の光景に息を飲んだ。

銀水の中を生命は生きられない。それは植物も同様だ。しかし、その樹海は銀水を養分にするように魔力に変え、みるみる内に木々の枝葉を再生していく。

終末の火により、半ば荒野と化していた大地からは多くの芽が出て、たちまち樹木にまで育った。

あっという間の出来事だ。目の前には、かつての幽玄樹海が蘇(よみがえ)っていた。

どうやら、睨(にら)んだ通りのようだな。二律僭主の縄張りであるこの深い森は、ロンクルスの記憶にあった銀水聖海を渡る巨大な船――

樹海船アイオネイリアだ。

§20.【樹海船】

俺は樹海の奥深くへ降り立ち、二律剣の魔力を使う。

軽く大地を踏みしめ、夢で見たアイオネイリアの術式通りに魔法陣を描けば、それは辺り一帯に広がっていく。

どうやら、使えそうだ。

魔法陣を起動してみれば、ゴ、ゴ、ゴォォォォと音を立て、幽玄樹海が震え始めた。

「なにこれ、面白い」

無邪気な笑みを浮かべながら、コーストリアが着地する。日傘を畳みながら、彼女は言った。

「船ね。パブロヘタラと同じ、大陸型の。でも、銀水を魔力に変えるなんて初めて見た」

パブロヘタラが船か。確かに浮遊大陸だからな。あのまま銀海へ出てもおかしくはない。現在、第七エレネシアにあるのは序列一位の小世界だからか？

「どこへ行くの？」

「試運転だ」

そう口にし、魔力の供給を止める。魔法陣は消えていき、幽玄樹海の地震が止まった。

「つまんないの」

コーストリアはその場に座り込み、木にもたれかかった。

「そういえば、僭主はしばらく姿を消してたでしょ。フォールフォーラルを滅ぼしたのは、君の仕業？」

思ってもみぬ質問だな。本気で訊いているのか？

「イーヴェゼイノはなにが目的だ？」

「コーストリア」

まぶたを開き、義眼に怒りを灯して、彼女は俺を睨んでくる。

「間違えないで。私はコーストリア。イーヴェゼイノでも、幻獣機関でもない。パブロヘタラの外でまで、みんなと同じ扱いを受けるなんて沢山」

「では、コーストリア」

「やっぱりコーストリアも嫌」

気まぐれなことだ。話が進まぬ。

「幻獣言語でコーストリアは目。名前じゃない」

「アーツェノンの目、滅びの獅子の目という意味か」

「うるさい」

コーストリアが日傘を投げつけてきた。黒き粒子を纏わせ、風を切り裂きながらも仮面に迫ったそれを、俺は片手で軽くつかむ。

ずいぶんと頭に血が上りやすい。常人ならば死んでいる。

「呆れた女だ。忌避するほどなら、自ら名をつければよい」

「惨めじゃない。まるで名前がコンプレックスみたい」

どう聞いても、コンプレックスだろうに。

「では、新しい名をくれてやろう」

「いらない」

コーストリアは目を閉じて、つんとそっぽを向く。構わず、俺は続けた。

「コーストリア・アーツェノンから取り、コーツェでどうだ？」

「聞いてる？　いらない。それになに、その適当な名前？」

「我が世界の古い魔法語で、義理を意味する。渇望のままに振る舞う獣のお前が、せめて人らしくあるようにと願いを込めた名だ」

すると、苛立ったような顔でコーストリアは俺を睨んできた。

「喧嘩売ってるの？」

「しかし、見えぬな。お前はなにをしにきた、コーツェ？」

「勝手に呼ぶなっ！　死んじゃえ!!」

コーストリアが魔弾を飛ばすが、俺はそれをつかみ、ぐしゃりと握り潰した。

「どうしても、コーストリアと呼んで欲しければそう言え」

コーストリアは押し黙り、地面を見つめた。

「…………好きにすれば……」

元々呼ばれたくもない名だ。頼んでまで訂正する気力が湧かぬのは当然だろうな。

「それで？」

「なにが？」

つんとした口調でコーストリアが言う。

「お前の目的はなんだ？」

彼女はそのまま大地にころんと仰向けになり、投げやりに声を発した。

「……なんだろ？　暇つぶし？」

「フォールフォーラル滅亡の犯人捜しがか？」

「……なんでもいいんだけど。パブロヘタラは学院同盟全体に、首謀者を生け捕りにしたら聖上六学院の空いた席に座れるようにするって、これから通達を出すの」

思いきった措置だな。聖上六学院の一角を滅ぼすほどの相手だ。浅層世界や中層世界の住人たちでは歯が立たぬだろうが、しかし、深層世界と手を結べばチャンスもあるか。元首と主神で連合を組めば、それなりの戦力になろう。

相応の見返りがなければ、動かぬ小世界もあるだろうしな。逆に言えば、首謀者を生け捕りにできるほどの世界ならば、聖上六学院の資格は十分にあろう。

「聖上六学院も動く。ナーガ姉様がイーヴェゼイノも犯人捜しをするって言うから、それで一応ね。関係ないんだから、放っておけばいいのに。馬鹿みたい」

「イーヴェゼイノだけ動かねば、首謀者だと言っているようなものだ」

アーツェノンの滅びの獅子（しし）どもが、ミリティア世界と同じく、各世界から疑われているのは想像に難（かた）くない。

「やってないものはやってない」

それが通じぬから、ナーガも捜せと言ったのだろう。

「存外、お前が知らぬだけではないか？」

「ナーガ姉様も、ボボンガも一緒にいた。イザークはずっと寝てる。ドミニクは引きこもり。大体、フォールフォーラルなんて心底どうでもいい。私たちがやるなら、まずハイフォリアの狩猟貴族」

腑に落ちぬな。今のところ、《極獄界滅灰燼魔砲》を使えると判明したのは、パブロヘタラでは俺とコーストリア、それからドミニクか。

アーツェノンの滅びの獅子なら使えるのだとすれば、ボボンガ、ナーガにも可能だろう。いずれせよ、イーヴェゼイノの住人だ。

百識王ドネルドら聖道三学院の反応を見るに、奴らより格下は魔法の存在自体を知らぬ。他に術者の可能性があるとすれば、聖上六学院の者たちだが、奴らに同じ学院同盟の小世界を滅ぼすような動機があったとは思えぬ。

それゆえ、バルツァロンドはイーヴェゼイノに目をつけた。

俺も奴らが一番怪しいと踏んでいたが、コーストリアの口振りは首謀者に思えぬ。

自分たちがやったのなら、わざわざ二律僭主に犯人かと尋ねる意味もない。

それに、どうにもこいつは、己の欲望に正直なタチだからな。先程からの言動を見る限り、計画性などとは無縁そうだ。嘘をついているようには見えぬ。

鎖の件など、ナーガの言葉との食い違いもある。

コーストリアだけが、知らされていないのか？　それとも、首謀者はパブロヘタラの外にいるのか？

「コーツェって変な名前ね」

そう言いながら、コーストリアは立ち上がった。

「この船、いつ飛ばすの？」

「見たいか？」

「別に。つまんないと思うけど、暇だから」

コーストリアは自らの制服についた土を手で軽く払っている。

「見せてやる。退屈など吹き飛ぶぞ」

「吹き飛ばしてから言って」

すました顔で、コーストリアは《転移(ガトム)》の魔法陣を描く。

「姉様が戻れってうるさいから帰る。ムカツク奴(やつ)が悲惨な目にあいそうなんだって」

ほう。なにがどうなったのやら？　恐らく、パブロヘタラ絡(がら)みだろうな。

「それは朗報だったな」

日傘を少し強めに投げ返してやれば、びっくりしたように目を開けて、コーストリアはそれをつかんだ。

「殺す気？」

「イーヴェゼイノの流儀と思ってな」

魔法陣の上でくるりと俺に背を向け、コーストリアは言った。

「もっと良(い)い名前考えといて。適当なのじゃなくて」

「ではな、コーツェ」

「死んじゃえ」

振り返り様に侮蔑するように舌を見せ、彼女は転移していった。

「さて」

再び二律剣に魔力を送り、大地を踏みしめては、アイオネイリアを起動させる魔法陣を描く。まともに飛ばすには、この樹海船のことを詳しく調べる必要がある。俺は魔眼を凝らし、幽玄樹海を俯瞰するようにしながら、隅々までその深淵を覗いていく。

不可侵領海、二律僭主の船だけあって、その全貌を把握するのは骨が折れる。

次第に日は暮れていき、ようやくアイオネイリアの舵がとれそうとなった頃には、もう夕刻となっていた。

パブロヘタラに戻り、魔王学院の宿舎に到着すると、大広間でサーシャとシンが出迎えた。

二律僭主の変装はすでに解いている。

「お見えになっています」

シンが言う。大広間の奥には、オットルルーとともにバルツァロンド、パリントンが待っていた。

二人は厳しい面持ちをしている。

「悪い報せのようだな」

「魔王学院のパブロヘタラへの本加盟が見送りになりました」

オットルルーが事務的に述べる。

「形式的な審査との話だったが？」

「フォールフォーラル滅亡について、本日二回目の六学院法廷会議を行ったところ、賛成四、反対一にて、元首アノスを監視対象の一人と認定しました」

全学院が参加しているため、全会一致ではなく、多数決による判決か。

「すまぬ……力が足りなかった……」

パリントンが言う。彼一人反対したところでどうしようもあるまい。

「またそれに伴い、パブロヘタラはミリティア世界を監視対象とします。聖上六学院より監視者を送り、不審な点があった場合のみ、証拠を確認するため強制力を行使します。調査は公平に行うことを約束します」

監視したところでなにも出てはこぬが、公平というのを頭から信用するわけにはいかぬな。火のないところに煙を立てる術もあろう。

「結局、俺を容疑者の一人と見なしたというわけか」

「いいえ。あくまで監視対象です。前回否決されたミリティア世界を支配下におく案よりも、軽度の措置となります。監視者は聖上六学院の信頼できる者に。証拠確認時以外に強権はなく、渡航者が滞在するのと同等です。また元首アノスについても、パブロヘタラ内での監視はありません。ただし、ここを出る際には監視がつきます。行動の制限は一切ありません」

平素ならば、監視など気にせぬのだがな。イーヴェゼイノとの銀水序列戦中に抜け出したのに気づかれれば、ミリティア世界になにをされるかわからぬ。

「俺が首謀者でない証明をすればいいのか？」

「本加盟済みの学院は決議取り消しの申し立てが可能です。その場合は元首を招き、再度、法廷会議が行われることになりますが、魔王学院には現在その権利がありません」

つまり、面倒な法廷会議を避けるために、本加盟を見送ったわけか。

誰が考えたことやら？

「本決議の有効期間は、フォールフォーラル滅亡の首謀者が発見されるまで。あるいは魔王学院が、パブロヘタラの学院同盟を脱退するまでとなります」

脱退すれば監視はなくなるだろうが、疑いはより深まる。その上銀水序列戦が行えなくなり、イーヴェゼイノに入るのが困難となる。今抜けるわけにはいかぬな。

「早い話、首謀者を見つけろというわけだ」

「魔王学院にも、ご協力いただければ助かります。首謀者を生け捕りにした場合、空席ができた聖上六学院への昇格が認められます。またその貢献度に応じて、火露の進呈、序列の評価に加算があります」

コーストリアが言っていた通りだな。

「なにか質問はありますか？」

「特にない」

「では、明日、銀水序列戦にはパブロヘタラからお供をします」

オットルルーが監視役か。

彼女は踵（きびす）を返（かえ）し、宿舎から去っていく。

「オットルルー。一つだけだ」

彼女は足を止め、俺を振り向いた。

「聖上六学院と監視者へ伝えておけ。貴様らの勝手な理屈で、我が世界の民にかすり傷一つつけてみよ。そのときが、パブロヘタラの最後だ」

「お伝えします」

事務的に述べ、彼女は今度こそ去っていった。

§21. 【くくられし運命】

「首謀者と同じ魔法が使えるだけのことで容疑をかけるとは、呆れた話としか言いようがない」

オットルルーがいなくなった直後、バルツァロンドがそう言葉を発した。

「あまつさえ、本加盟を見送り反論の口を封じるとは、聖上六学院は正義を失した」

「いいのか？　お前のところの元首も一枚噛んでいるだろうに」

そう指摘するも、承知の上とばかりに彼は即答した。

「聖王陛下の発議だからこそ、私は伯爵として異を唱えなければならない。罪人を捕まえるために、罪なき者に不便を強いるのは誤りだ。昔のハイフォリアはそうではなかった」

バルツァロンドは、全身から義憤をあらわにする。聖上六学院の一角が滅びたこの火急のとき、同盟相手に監視されるぐらいは呑んでもらおうというのがパブロヘタラの考えだろうな。

聖上六学院に信頼があれば、さしたる問題にもなるまい。

元首によっては、いらぬ疑いをかけられるより、監視してもらって潔白だと証明した方が居心地がよいという者もいるだろう。

「愚痴を言っても始まらぬ。要は首謀者を見つければよい」

バルツァロンドは、力強くうなずく。

「監視はつくが目を盗むことはできる。イーヴェゼイノにて、このバルツァロンドが必ず奴らの犯行を暴く」

「それはいいんだけど、ミリティア世界は大丈夫かしら？　聖上六学院の監視者は、不審な点があった場合だけ強制力を行使するって言ってたけど、正直なにを不審に思うかはわからないじゃない？　パブロヘタラの小世界とミリティアはずいぶん違うみたいだし……」

不安そうにサーシャが言う。

「ファリスとミーシャに伝えておく。銀水序列戦までに戻ってきてもらう予定だったが、ミリティア世界で待機せざるを得まい」

ミリティア世界まで続く銀灯のレールにて、《思念通信》は届く。

だが、距離が遠く、銀水がノイズとなるため、過去の映像をそのまま送れるほどしっかりした魔法線ではない。なにせ《思念通信》が瞬時に届かぬレベルだ。

二千年前のルナの姿を、創星エリアルにて直接母さんに見せたかったが、どうやらすぐには難しそうだな。

「戻らせた方がいいのならば、提案がある」

バルツァロンドが言った。

「私の部下を銀水船で向かわせよう。伯爵の名にかけて、監視者たちにはミリティア世界に手を出させないと誓う」

「聖上六学院から選出されるなら、お前と同じハイフォリアの狩猟貴族やもしれぬぞ」

「相手の身分がなんであれ、やるべきことは変わりはしない。私と私の部下は、貴公に恩がある。我が身可愛さに義理を果たさぬなら、貴族の名など今すぐ捨てよう」

部下のために、格上の二律僭主に挑んだ男だ。

嘘ではあるまい。とはいえ、ミリティア世界の事情を知らぬバルツァロンドの部下だけに任せるわけにもいかぬ。

「シン。アルカナとミサを連れ、狩猟義塾院の船でミリティアへ戻れ。入れ代わりで、ミーシャとファリスをこちらに呼ぶ。お前たちはそのまま監視者を見張れ」

銀水序列戦の戦力は削がれるが仕方あるまい。ナーガたちを滅ぼさなければならぬわけではないのだ。時間を稼ぐ程度はどうにかできよう。

「御意」

シンが《転移》を使い、この場から消える。ミサとアルカナを呼びにいったのだ。

「船を用意してこよう」

すぐにバルツァロンドも宿舎を出ていった。

「姉様の容態は？」

無骨な表情を崩さず、パリントンが問う。

「あまりよくはない」

大広間を後にして、寝室へ移動する。

ベッドの上に母さんが寝ており、傍らにいる父さんが手を握っていた。

「グスタよ。あまり触れぬ方がいいのである。力なき者は、《渇望の災淵》から流れてくる災いに身を蝕まれることとなるのだ」

パリントンの言葉に、しかし、父さんは親指を立てて応えた。

「……心配するな、義弟よ。これぐらい……う……！　うぐぐ……はぁはぁ……！　心配するな。これぐらい屁でもねえ……！」

「……いや……息も絶え絶えではないか……」

狼狽するパリントンに、父さんはニカッと笑う。

俺は言った。

「《渇望の災淵》は、魔力に反応するようでな。反魔法を使って触れては体に障る。魔力の乏しい父さんなら、害はない」

その分、父さんの体は呪いのような損傷を受けるが、それは後で治しようもある。

「……イザベラがこんなことになってんだから、手ぐらい握っててやらねえとな……。なあに、心配はいらねえよ……俺ぁ、これでも痛みにはすこぶる鈍感なんだ……！」

なんと言っていいかわからぬのか、パリントンは険しい表情で、「むう……」と唸るような息を吐くばかりだ。

「……ん……あ………」

母さんが、苦しげに声を上げる。

「イザベラ……？」

「……ドミニク……お祖父様…………」

譫言（うわごと）のように母さんは言う。

「わたしは……産まないわ……誰も、好きに、ならない……一生、誰も……」

「大丈夫だ。イザベラ。よくわかんねえけどな、あんなもん、所詮は昔の話だ。俺もアノスもここにいる。ここにいるぞっ。だから、心配するな！」

「……戻って。もとの優しいお祖父様に……」

パリントンが俺と顔を見合わせる。

「意識は戻られたか？」

「残念だが、ずっとこの調子だ。時折、目を開けるが、俺たちのことがわかっているようには見えぬ」

パリントンが閉口する。

「少々よいか」

父さんを押しのけるように移動し、パリントンは母さんに魔眼（め）を向ける。悩ましそうにしている彼に、俺は説明した。

「ルナ・アーツェノンだった頃の記憶で、頭が埋め尽くされている」

「……《記憶石》では、そこまでのことは起こらないはずである……」

「《渇望（かつぼう）の災淵（さいえん）》にも、ルナ・アーツェノンの記憶や想（おも）いが残っていたのやもしれぬな。詳しくはわからぬが、《記憶石》をきっかけにして、それが怒濤（どとう）の如（ごと）く押し寄せたといったところか」

沈痛な顔でパリントンは口を開く。

「……今の人格が消し飛ぶかもしれないということであるな……」

「今に限らぬ。これほど乱暴に大量の記憶を流し込まれ続ければ、まともな記憶は残るまい。そもそもこの状態が、都合良く終わる保証がないのだからな」

人為的なものなら、話は別だがな。

こちらにパリントンがいて、《記憶石》を使うタイミングをドミニクが知っていなければ、そうそうこの状況は引き起こせまい。

「……より強く記憶を呼び起こすべきであろう……」

パリントンは自らの右胸に魔法陣を描く。

そこに手を差し入れ、取り出したのは金粉のちりばめられた赤い糸だ。

二律剣が反応している。主神の権能のようだな。

「偶人の《赤糸》である。《記憶石》と姉様をこの糸でくくれば、それは運命に結ばれ、確実に正確に思い出すことができる」

「欠点はなんだ？」

パリントンに問う。

「都合が良いことしかないなら、最初から使えばよかった」

「いかにも。できれば、使いたくはなかったのだが……」

パリントンはその先を口にせず、表情を硬くしている。言いづらいことなのだろう。

俺は、その《赤糸》の深淵を覗いた。エクエスの権能に少し似ているな。

「ふむ。運命を結ぶ力が強すぎて、記憶を上書きしてしまうといったところか」

「……左様である。別人にすら、記憶を運命づけることができる傀儡皇の権能だ。《記憶石》と結べば、姉様以外の者であろうとそれを自身の記憶と思い込むであろう」

できれば使いたくはない、という気持ちはもっともだ。母さんがルナ・アーツェノンでなかったとしても、ルナ・アーツェノンに変えてしまうことができるのだからな。

「無論、今の記憶が残るように努力はする。だが、保証はできん。それでも、《渇望の災淵》からの記憶を延々と流し込まれるよりはマシであろう。前世の記憶を取り戻し、災禍の淵姫としての力を操れるようになれば、今の危険な状態からは逃れることができる」

「一応訊いておくが、その後にもう一度、今の記憶で上書きすることはできるか？」

「最初に結ばれた運命が最も強いのである。何度も試すことは可能だが、姉様の根源が耐えきれなくなるであろう」

《赤糸》を使えば、ひとまず容態は回復する見込みはある。だが、母さんは、今世でのことを、俺や父さん、そしてこれまでの暮らしを忘れてしまうやもしれぬ。

まだ猶予はある。

このまま様子を見て、懐胎の鳳凰を滅ぼすのが最善か。

あるいは――

「その《赤糸》で、二つ以上のものを同時にくくれるか？」

「……それは、傀儡皇ベズに止められている。複数の運命が絡み合えば、その制御は《赤糸の偶人》と呼ばれるこの体でさえ困難となる」

「できるのだな？」

「……そうでは、あるが…………？」

怪訝そうにパリントンは俺を見つめた。

「では、《記憶石》とまとめて、俺と父さんの根源をくれ。母さんが今の記憶を忘れぬように声をかける」

《記憶石》にあるルナ・アーツェノンの過去と合わせ、俺と父さんの記憶から、イザベラの過去を結びつける。それならば、今の記憶が消えることはない。

「……危険が大きい……上手くいく保証は……」

「では、《赤糸》の話はなしだ。意識があったならば、母さんも記憶を捨てるとは言わぬ。決してな」

そう告げるが、パリントンはうなずかなかった。

「しかし、それでは……姉様が……」

「どのみち、懐胎の鳳凰を滅ぼさねば安心できまい。イーヴェゼイノ行きは明日だ。母さんの容態が悪化するより先に、ドミニクに会えばよい」

唸るように息を吐きながら、パリントンは考え込む。

「……くるのは《記憶石》とアノス、二人だけではどうだ？　万一、《赤糸》が暴走しようと、お前ならばどうにかできるであろう。だが、グスタには荷が重い……」

「だめだ。俺が母さんと過ごした日々は、一年にも満たない。多くの思い出は父さんとともにある」

今の記憶を保つ鍵は、父さんにかかっている。多少の危険があろうと、やってもらわねばならぬ。

「二人ともくくるか。《赤糸》は諦めるかだ」

「……わかった。二人を入れて、くくってみよう。通常とは違い、時間がかかるだろうが、それでも症状が和らぐ可能性は十分にある……」

俺はベッド脇に置いた《記憶石》を持ち上げる。

パリントンが《赤糸》に魔力を送れば、それがふわふわと宙に伸び、《記憶石》にくくりつけられる。

「グスタに負担がかからぬようにはするが、くれぐれも無理はなされるな。魔力の弱い人間には強い苦痛がある。頼りになるのは心のみだ。下手をすれば、逆に《記憶石》の記憶に飲み込まれ、体は残れど、意識が帰ってこられなくなる」

パリントンが釘(くぎ)を刺すように警告する。

しかし、父さんはいつもの能天気な笑みを見せ、ぐっと親指を立てた。

「なあに、心配すんなって。言ったろ。俺は痛みには鈍感なんだってよ。剣を鍛えるのに、誤って自分の手を打ったのは一度や二度じゃねえ」

父よ。自慢にならぬ。

「それに、イザベラが苦しんでるのに、そんぐらいで怖(お)じ気(け)づいてられるかって」

当たり前のように、父さんは言った。パリントンがわざわざ釘(くぎ)を刺したからには、相当の苦痛なのだろう。危険も大きい。

だが、心配はしておらぬ。

俺の父は今は誰よりも弱いが、それでも誰よりも強い。

「では」

パリントンの指先から、魔力が送られる。

それに連動するように、《赤糸》が蠢き、俺の体を通り、根源にくくられる。同じようにして父さんの根源にくくられ、最後に母さんへと結ばれた。

「彼の者の運命を結べ。偶人の《赤糸》よ」

金箔が舞うように《赤糸》から神々しい魔力が発せられ、《記憶石》が運命として結ばれていく。

俺と父さん、母さんの頭に、古の記憶が鮮明に浮かび上がった――

§22.【ハインリエル勲章】

一万七千年前。鍛冶世界バーディルーア。

雨が降っていた。

目の前は濃霧に覆われている。いや、それは霧ではなく、煙だ。

数多に存在する鍛冶工房から吐き出される煙が、バーディルーアを覆い尽くし、視界を塞ぐ。

鍛冶世界の鉄火人ならば、そこかしこから響く魔鋼を打つ音にて現在地を把握するが、災淵世界出身のルナには真似できることではなかった。

彼女の耳に響くのは、故郷で飽きるほど耳にした不吉な雨音。嫌な予感を押し殺しながら、彼女は走る。ふいにぬかるみに足を取られ、地面に倒れ込んだ。

「……あ……う………」

その水たまりの中に、自分がいるような気がした。子供を産んではならない。我が子が、アーツェノンの滅びの獅子として生まれると聞き、ルナは長い間引きこもっていた。

お祖父様の思い通りにはならない。誰も、好きになってはならない。何度も何度も言い聞かせ、何度も何度も思いとどまった。

それでも、胸の中に燻る渇望は消えてはくれない。

特別なんか一つもいらない。ただありふれた家庭が欲しかった。

「……急がなきゃ。船が出ちゃう……」

ルナは立ち上がり、再び走り出す。

ずっと――

頭の中にとめどなく浮かぶ渇望を、殺して、殺して、必死に押し殺していた。

――お前の子は、銀水聖海を滅ぼす獅子となるのだ。

祖父の言葉を思い出し、ルナは自らに言い聞かせた。

この夢は叶わないのだ、と。

アーツェノンの滅びの獅子。その恐ろしさは、イーヴェゼイノに住む者ならば誰もが嫌というほど知っている。

曰く、出会ってはならぬ幻獣。

曰く、解き放ってはならぬ厄災。

時折、滅びの獅子は《渇望の災淵》から外へ影響を及ぼす。それはどんなに小さな力とて、世界に爪痕を残す大災害となった。

数千年前、《渇望の災淵》から僅かに突き出された滅びの爪がイーヴェゼイノの半分を削ぎ落とした。

多くの神族が滅び、秩序は歪み、狂いに狂って、それ以来、災淵世界の雨は止まない。一本の爪でそれだ。実体を持たずにそれだ。

もしも受肉し、この世に解き放たれたなら、どれほど恐ろしい災いを撒き散らすか、想像すらつかなかった。

愛する人と結ばれ、子を作る。貧しくとも仲睦まじく、穏やかに平和に暮らす。その夢は、災禍の淵姫にとって紛れもなく大罪だ。

彼女の子は、決して平穏をもたらしはしない。

だが、それでも——

取り返しのつかない罪なのだとしても、祖父ドミニクの言ったことは事実だったのかもしれない。

渇望は、消えない。

叶わないと知ってなお、それは彼女を責め立てる。

千年。ルナは己の渇望と戦い続けた。

そうして、出会ったのだ。イーヴェゼイノに迷い込んだ幼子に。あるいは、それは悪魔の誘惑だったのかもしれない。

子供が欲しかったルナの背中を押すように、小さな子供との触れあいは、彼女の渇望を強く呼び覚ました。

ルナは彼に事情を打ち明ける。諦めるのは早い、とその子は言った。彼は幼いながらも利発で、ルナと同じく大きな宿命を背負っていた。

唯一違ったのは、幼子は自らの宿命を決して悲観せず、戦い続けていたということ。

必ず勝つと、彼は言った。不思議と彼女も運命と戦える気がしてきたのだ。彼の力を借りて、ルナはイーヴェゼイノを抜け出した。

その子は自らの戦いへ赴いた。彼女も戦うために、一人、この鍛冶世界バーディルーアへやってきた。今、ここに滞在している貴族なら、ルナの力になってくれるかもしれなかった。

「はぁ……はぁ……いた……！」

険しい山を登ったところに、船着き場があり、そこに銀水船ネフェウスが停泊していた。

一般人は立ち入りが禁止された区画だ。正規のルートでは、バーディルーアの兵士たちが入れてくれないため、彼女は裏からそこまで登ったのだ。

「あ……」

船を見て、ルナが呟く。

碇(いかり)が上げられていく。

まもなく、銀水船ネフェウスが出航しようとしているのだ。

「待って……お待ちくださいっ……男爵様っ……！」

駆けよりながら、ルナは銀水船に向かって大声で叫んだ。船が出てしまえば、もう会うチャンスはない。

銀水聖海を渡る術を、ルナは持っていなかった。

ルナが懐(ふところ)から、勲章を取り出し、ゆっくり浮かび上がる船に向かってかかげた。五本剣の意匠が施されている。

「男爵様、どうか、これをっ……！」

「下がれ、女。どこから入った？」

「それ以上進めば、ただではすまんぞ」

ルナに気がついた兵士たちが続々と集まってくる。あっという間にルナは取り押さえられ、地面に顔を押さえつけられた。

「お願いっ。放してください。男爵様にお話がっ……！　この勲章を……」

「静かにしろ！　お前のような不審な輩(やから)を男爵殿に会わせると思うか？」

兵士は聖剣を抜き、ルナの首に突きつける。

「誰のさしがねか？　なんの目的で男爵殿に接触しようとしている？」

ルナは答えることができなかった。本当のことを告げたところで、兵士たちが信じることはないだろう。

「男爵様にならお話しします」

「ほう。そうか？　では、お前が口を割りたくなるまで、指を一本ずつ落としてやろう。押さえろ」

周囲の兵士たちがルナの体を強く押さえ、その手を開かせる。親指に聖剣の切っ先が触れ、僅かに血が滲んだ。

「まずは親指からだ」

震えながら、ルナがぎゅっと目を閉じる。体の奥底に眠る《渇望の災淵》が開かないように、必死に魔力を制御した。

兵士が剣を振り下ろした。

「…………!!」

「……な…………？」

唖然とした声がこぼれ落ちる。

痛みはない。

ルナが目を開けば、視界に入ったのは折れた剣身だ。

「手荒な真似は感心しない。彼女にも事情があったのかもしれないよ」

銀水船の前を横切るように、金髪の男がゆっくりと降下してくる。貴族らしい荘厳な衣服を身につけ、手には透き通る聖剣を携えている。その剣を使い、兵士の剣を折ったのだ。

「下がりなさい。彼女は私に用があるみたいだからね」

「は、はいっ」

レブラハルドは静かに着地すると、ルナのもとへ歩いていく。兵士たちは彼女を解放すると、道を空けるように後ろへ下がった。

「手荒な真似をしてすまないが、恨まないでやって欲しい。彼らも仕事でね」

「……いえ、わたしが勝手に入ったから、いけないんです……」

貴族の男が手を差し伸べ、ルナの体を起こした。

「ハイフォリアの五聖爵、男爵レブラハルド・フレネロス様ですか……？」

銀水聖海において、元首は世襲制ではない。

聖剣世界ハイフォリアでもそれは例外ではなかった。聖王の子供は王子と呼ばれることなく、他の狩猟貴族らと同等の扱いとなる。レブラハルドは現聖王の実子ではあるものの、聖王は家系に関わらずハインリエルを名乗るため、姓が異なっていた。

「そうだね。私に用があるのかな？」

ルナはこくりとうなずき、意を決したように言った。

「わたしはイーヴェゼイノの幻獣機関、所長ドミニクの孫娘、ルナと申します」

一瞬、レブラハルドは険しい表情をした。

「男爵様にお願いが……」

レブラハルドがすっと手で制し、兵士たちを振り向く。

「外してくれるかな？」

「は、承知しました」

兵士たちは皆、船着き場から離れていく。レブラハルドが《思念通信》を送ると、銀水船ネフェウスも上昇していった。

人払いが済むと、彼は改めてルナに言う。

「すまないね。イーヴェゼイノとの仲は君も知っての通りだ。他の者に聞かれたら、身の安全は保障できない」

ルナはこくりとうなずいた。

「幻獣機関の所長に孫娘がいたとは知らなかったが、どういった用かな？」

「……ある人に、男爵様のことを聞いて、力になってくれるはずだって……」

そう言いながら、ルナは先程の勲章をレブラハルドに見せた。彼はそれに魔眼を向け、本物であることを確認する。

そして、悲しみと温かさが混じったような声で、優しく訊いた。

「ジェインの最期を看取ったかい？」

ルナはきょとんとした表情を浮かべた。すると、レブラハルドは不思議そうに首を捻る。

「……これが、なにか知っているかい？」

ルナは左右に首を振った。

「詳しくは……その……元々、これはわたしのものじゃなくて……」

「……そうか……」

死者を悼むように、レブラハルドはその勲章に祈りを捧げた。

「あの……？」

「これは、ハインリエル勲章といってね。聖王陛下から賜るものだ。狩猟貴族はこれに遺言を遺(のこ)すのを習わしにしている。私の旧友、ジェインの心と言葉が刻まれているよ。これを譲り渡した者の力になって欲しい、と」

レブラハルドは勲章を手にする。目映(まばゆ)い光の粒子が、そこから溢(あふ)れ、彼の周囲に漂う。勲章がまるで彼に語りかけているようだった。

「君は、強き幼子から、この勲章を譲り受けたようだね。これを持っていけば、私が力になってくれる、と」

「……どうして……？」

「《聖遺言(バセラム)》、ハイフォリアの魔法だよ。狩猟貴族は滅び去る前に、その力にて心を遺品に遺(のこ)すことができる。ここにジェインの心が遺っていてね。彼はその子供から命にも代え難(がた)いほどの恩を受けた、と言っている。その子は誰かな？」

困ったようにルナは頭を振った。

「……名前は、知らないんです。その子には、知らない方がいいと……出会わなかったことにした方がいいと言われました……」

「どうりで、《聖遺言(バセラム)》にも遺っていないわけだね……ジェインにも同じことを言ったのかもしれない……」

勲章の光がすっと消えていった。

「構わないよ。ジェインの恩人が、この勲章を譲った相手。それが何者であれ、たとえ宿敵であるイーヴェゼイノの住人であっても同じことだ。五聖爵が一人、レブラハルド・フレネロスの名にかけて、私は狩猟貴族としての義を示そう」

勲章をそっと握り、レブラハルドは言った。

「私に願いがあると言っていたね？」

ルナはうなずく。

「太古の昔、ハイフォリアの勇者は、アーツェノンの滅びの獅子を斬り裂いたことがあると聞きました。どんな宿命をも断ちきることができる聖剣を使って」

ハイフォリアの象徴、霊神人剣エヴァンスマナの伝承である。

「……わたしは、アーツェノンの滅びの獅子を産む災禍の淵姫です……わたしの胎内が、《渇望の災淵》とつながっています……」

レブラハルドは驚きを隠せなかった。アーツェノンの滅びの獅子がどうやって生まれるのか、狩猟貴族たちにはこれまでずっと隠されてきたのだ。

知られれば、ハイフォリアは全狩人を動員し、ルナを狩ろうとするだろう。

それでも、これしか方法がなかった。

ぐっと拳を握りしめ、一縷の望みにかけるように、彼女は言う。

「お願いします……男爵様。どうか……どうか霊神人剣で、この宿命を断ちきってください……！」

§23. 【降下する船】

翌日。

銀水聖海に銀灯のレールを敷き、魔王列車は前進していた。目的地は災淵世界イーヴェゼイノだ。

機関室後方にて、オットルルーは言った。

「災淵世界の暗雲に入ります。これより先は、オットルルーが先導します」

彼女はまっすぐ機関室の扉へ向かう。

振り返ることなく、エールドメードが口を開く。

「機関室、扉の施錠を外したまえ」

「了解。施錠解除。完了しました」

オットルルーは扉を開け、迷いなく銀海へ身を投げた。そのまま生身で飛ぶのかと思えば、彼女は銀水に飲み込まれるように沈んでいく。

すると、彼方に青い影が見えた。それはとてつもない速さで近づいてきて、巨体をあらわにする。銀海クジラだ。

オットルルーを乗せると、背中から噴出された青い泡が彼女を包み込み、結界と化した。

ほどなくして、目の前の銀水が黒く濁り始める。銀灯の明かりさえも闇に飲まれ、視界は殆どない。

銀海クジラはぐんと加速して、その闇の海中へ入っていく。体表の青い輝きを目印とし、魔王列車は銀灯（ぎんとう）のレールを延ばした。

『アノス』

銀灯（ぎんとう）のレールを通じて、ミリティア世界から《思念通信（リークス）》が届いた。

声の主はミーシャだ。

『セリスとルナの痕跡を見つけた』

思ったよりも難航したが、備えの一つにはなりそうか。

「こちらはこれから銀水序列戦だ。イーヴェゼイノまで来い。パリントンの《赤糸》で母さんの容態は一応落ち着いてはいるが、まだ予断を許さぬ」

『それでは美しく、ゼリドヘヴヌスの最速をもって馳（は）せ参（さん）じましょう』

ファリスの声が響く。

ゼリドヘヴヌスの全速ならば、ここまでそれほど時間はかからぬはずだ。とはいえ、さすがに銀水序列戦の開始には間に合うまい。出発前にはわかっていたことだがな。

『序列戦は平気？』

「なに、いざとなれば、俺抜きでもイーヴェゼイノを潰せる」

「無茶言わないでよね……」

機関室にいるサーシャがぼやくように言った。

『急ぐから。待ってて』

ミーシャがそう言った後、《思念通信（リークス）》が切断された。

「さて、聞いての通りだ。ミーシャとファリスは遅刻決定。シン、ミサ、アルカナはミリティア世界を守るため序列戦には出られぬ」

機関室の玉座より、俺は各室にいる配下たちへ告げる。

「今の戦力にて、アーツェノンの滅びの獅子どもを押さえ込む」

すぐに結界室のエレオノールが声を上げた。

「んー、それってちょっと厳しくなあい？　ボクたちの戦力は半減どころじゃないし、アノス君は序列戦に全然出られないんじゃなかった？」

イーヴェゼイノへ到着後、俺はドミニクに会いにいき、懐胎の鳳凰を滅ぼす。銀水序列戦は残りの配下たちだけで戦い抜かなければならぬ。

「そう気張る必要もない。目的は時間稼ぎだ」

「って言っても、ナーガとコーストリアとボボンガ。わかっているだけでも、アーツェノンの滅びの獅子が三人はいるわけよね……」

考え込むように、サーシャが口元に手をやる。

「わたしもミーシャがいないと《終滅の日蝕》が使えないし」

「いい訓練だ。勝てる勝負ばかりしていては成長もせぬ」

「そんなこと言われたって……うっかり負けてアノスがいないってバレたら、そのままイーヴェゼイノでなにかしてるって勘づかれるでしょ。ただでさえフォールフォーラル滅亡の首謀者かもって疑いがかけられてるのに、ますます状況が悪化するわ……」

まあ、今よりも面倒なことになるのは確かだろう。

「アーツェノンの滅びの獅子に詳しい者がいる。戦い方を聞いておけ」

機関室に飾ってあるメイティレンの絵画へ魔力を送る。事前にかけておいた《変幻自在》を解除すれば、絵画には子虎の他に、数人の男の絵が現れた。

「オットルルーが出ていった。もう姿を見せても構わぬ」

指先で軽く手招きすれば、男たちの絵がこちら側に飛び出してきた。

「獣の狩り方は一筋縄ではいかず、狩り場で覚える他にない」

バルツァロンドが言う。

彼の後ろには、その部下、二名の狩猟貴族がいた。ここに連れてくるということは手練れだろう。鎧と聖剣、弓にて武装している。

「ならば、この伯爵のバルツァロンド・フレネロスが列車に残り、滅びの獅子どもの狩り方を教授しよう」

「フォールフォーラル滅亡の首謀者は誰が見つける？　お前の部下たちだけで、災淵世界を探れるか？」

「探らずとも、目星はついている。ドミニク側近の狂獣部隊。狂った幻獣どもを取り憑かせた幻魔族たちだが、フォールフォーラル滅亡に関わっている可能性が高い。罠を仕掛け、捕らえるだけならば十分だ」

ドミニクがやったにせよ、滅びの獅子たちがやったにせよ、単独犯ではないと踏んでいるわけか。捕らえた後に、自白させれば首謀者がわかる。

そうすれば、聖上六学院の総力を挙げてそいつを叩けばよい。

「不測の事態が起こらぬとも限らぬ」

「銀水序列戦を長引かせることが、作戦成功の第一条件だ。現状において、アーツェノンの滅びの獅子以上の脅威はありはしない」

ドミニクを除けば、ナーガたちがなにより障害になるというのはわかるがな。

すると、パリントンが前へ出た。

「提案がある。狩猟貴族とともに、この者を同行させるというのはどうだ？」

絵画の中から、また一人姿を現す。

闇を纏った全身鎧だ。関節の部分など所々鎧に隙間があるのだが、生身の手足は見えず、闇が鎧を纏っているといった具合だ。

「我が人型学会が製作した暗殺偶人、隠密活動に特化した魔法人形だ」

ふむ。なにやら、大柄な代物を持ち込んだと思えば、それか。

オットルルーに気づかれぬよう一も二もなく、メイティレンの絵画に彼らを隠した。狩猟貴族の二人も、その暗殺偶人も、落ち着いて見るのはこれが初めてだ。

「操っているのは、ルツェンドフォルトの軍師レコル。私が最も信頼を寄せる腹心である」

「…………」

会釈をしただけで、レコルは言葉を発しなかった。

暗殺偶人というだけあって、この闇の全身鎧の深淵はまるで覗けぬ。それどころか、これほど目立つ出で立ちだというように、ともすれば見落としそうなほどに存在が稀薄だ。

災淵世界をよく知っているパリントンが、狩猟貴族二人と探らせるというのなら、それで十分な戦力だと思って間違いあるまい。

「では、首謀者についての調査は人型学会の軍師レコルを入れ、合計三名で行う。それでよいな？」

バルツァロンドはうなずいた。

「問題ありはしない」

「銀水序列戦の最中、幻獣機関に悟られぬように抜け出す機会を作る。それまでは待機せよ。俺とパリントンは、母さんを連れ、まずはドミニクを捜す」

「承知している」

パリントンが覇気のある声で言う。

「ああ、そういえば――」

ふと気になったことを、バルツァロンドへ尋ねる。

「レブラハルドは災禍の淵姫に会ったことがあるか？」

「……私の知る限りでは、ありはしない……災禍の淵姫の情報は、ハイフォリアにもあまりない……」

災禍の淵姫がアーツェノンの滅びの獅子を産むと知れば、ハイフォリアの狩猟貴族たちは彼女を狙う。

ルナ・アーツェノンを守るために、レブラハルドは秘密を守り通したといったところか。だが、母さんは未だに災禍の淵姫のままだ。

レブラハルドは霊神人剣にてその宿命を断ちきることができなかったのか？

『元首アノス。まもなくイーヴェゼイノの銀泡内に入ります』

オットルルーから、《思念通信(リークス)》が届く。見れば、前方を塞ぐ分厚い暗雲が渦を巻き、その中心に穴が空いた。

トンネル状になった暗雲の向こう側には、銀灯(ぎんとう)の明かりが見えている。

普段はこの暗雲が結界のように災淵(さいえん)世界を覆いつくし、外の世界の者が入れぬようにしているのだろう。

「レールを連結したまえ」

エールドメードが言う。

「了解！　線路連結！」

銀のレールがまっすぐ延びていき、小世界からこぼれ落ちる銀の光の中へ入っていった。

「線路連結、完了しました！」

「汽笛を鳴らせ」

甲高い汽笛を鳴らしながら、魔王列車は直進し、やがて目の前が銀一色に染め上げられた。

そこを抜ければ黒穹(こっきゅう)だ。

だが、他の世界とは違い、雨が降っていた。

銀泡を覆っていたあの暗雲から、小世界の内側へしとしとと雨が降り続けている。

「線路固定」

「了解。線路固定完了しましたっ」

進行方向に延び続けていた線路を固定する。

「脱線」

「了解、脱線っ‼」

車輪が銀のレールから外れた。

魔王列車は宙を走り、銀海クジラの後に続いて、黒穹を降下していく。

「オットルルー。銀水序列戦に参加予定の二人が遅れている」

『選択肢は二つあります。代理を立てるか、途中参加です。魔王学院は代理がいないため、今回は後者です。ただし、到着までに銀水序列戦が終了すれば参加できません』

「それで構わぬ」

『承知しました。イーヴェゼイノには銀水序列戦の終了まで銀灯を隠さないように伝えます』

ルールは事前に確認済みだ。これで外からの道は確保できた。

『見えました』

オットルルーが言う。

黒穹を抜ければ、今度は青空が覗いた。快晴だというのに、ぱらぱらと雨が降り続けている。

母さんの記憶からすれば、イーヴェゼイノで雨の止む日はない。一万八千年前から変わらぬようだな。

地上に視界を向ければ、果てしなく広がる湖があった。正確には雨が穿った巨大な水たまり。《渇望の災淵》だ。

あそこがひとまずの目的地。幻獣機関の研究塔があり、ドミニクがいる。魔王列車はその水たまりを越えて、更に先を目指した。

『まもなくです。あちらが、今回の銀水序列戦の舞台です』

銀海クジラが更に速度を上げた。オットルルーが向かう先には、六つの高い山々があった。火山だ。今まさに噴火している。

火口からはマグマや火山岩塊が噴出され、空高く突き上げられては地上に降り注いでいる。

無論、普通の火山ではない。噴火に魔力を伴っているのだ。

「噴火が収まるまで待つとかしないの……？」

サーシャが言う。

すぐにオットルルーから返事があった。

『問題ありません。邪火山ゲルドへイヴは幻獣の一種、噴火が止むのは一年に数度と言われています』

「あ、そう……」

遠くにいる銀海クジラの背から、青々とした蛍のような光が噴出される。火露だ。

すると、それらが一カ所に吸い込まれ始めた。ぬっと火山の陰から巨大な亀が姿を現す。その全身は岩石でできている。火露はみるみる吸い込まれ、亀の甲羅の中へ入っていった。

『隕石幻獣、災亀ゼーヴァドローン。イーヴェゼイノの船です』

災亀が宙に浮かび上がる。距離はかなりあるが、それでも大きく見えるほどの巨軀だった。

『ようこそ、イーヴェゼイノへ。故郷の風景はどうかしらね？』

災亀からの《思念通信》だ。声の主は、イーヴェゼイノの元首代理ナーガである。

『大切な兄妹を歓迎したいところだけど、あまり長居をさせるわけにはいかないの。早く終わらせてしまっても、いいかしら？』

「好きにせよ。できるならな」

魔王列車の高度を下げ、火山の頂上付近に陣取った。魔王学院側の火露はすでにオットルルーから譲り受け、貨物室に積載されている。

「只今より、ミリティア世界、魔王学院と災淵世界イーヴェゼイノ、幻獣機関による銀水序列戦を開始します」

イーヴェゼイノの上空。魔王列車と災亀の中間地点に陣取り、オットルルーは魔法陣を描く。

「舞台となるイーヴェゼイノの損傷は、これを不問とします。パブロヘタラの理念に従い、銀海の秩序に従うならば、我らは深き底へと到達せん」

オットルルーは大きなねじ巻きを魔法陣に差し込んだ。両手でねじを巻けば、そこから紺碧の水が溢れ出す。波打つ水は薄いカーテンのようになって、広大な範囲を覆い尽くし、銀水序列戦の結界が構築された。

「まずオットルルーと奴らの魔眼を盗み、この結界から抜け出なければならん。戦闘の混乱に乗じるのが一番だが、策はあるか？」

パリントンが問う。

「…………」

暗殺偶人のレコルは無言だ。

「やはり、まずは序列戦が激化するのを待つのが最善かと」

狩猟貴族の一人がそう言った。

「機会を作ると言ったはずだ。最後尾の射出室へ移動しろ。すぐに来る」

「……すぐに………？」

パリントンが怪訝な表情を浮かべた――その瞬間である。

災亀よりも遥かに巨大な影が邪火山ゲルドへイヴ一帯を覆った。

オットルルーが頭上を見上げ、神眼を凝らす。空を浮遊する大陸。鬱蒼とした木々。それは、樹海だった。

「……まさか……あれは幽玄樹海……？」

「……アイオネイリアだと……？　噂には聞いていたが、まだ飛べたのか……」

パリントンとバルツァロンドが驚愕の声を漏らす。樹海船アイオネイリアは、勢いを殺すことなく、イーヴェゼイノの巨大な水溜まり――《渇望の災淵》めがけて降下していく。

耳を劈く水音とともに、天地をつなげるほどの水の柱が勢いよく立ち上った。

§24.【二神編成】

その瞬間、災亀ゼーヴァドローンの魔眼が《渇望の災淵》に突っ込んだ樹海船アイオネイリアに釘づけられたのがわかった。

裁定神オットルルーも、不可侵領海の闖入に最大限の警戒を示し、注意深くその深淵を覗こうとしている。

彼女たちの魔眼が、魔王列車から完全に離れた。

「行け」

俺の言葉よりも先に、動き出していたのは暗殺偶人を操る軍師レコル。次いで、パリントンと狩猟貴族の二人が行動を起こした。

彼らは暗殺偶人の《変幻自在》にて透明化すると、最後尾の射出室から飛び出した。

邪火山ゲルドヘイヴに降り立ち、すぐさま駆け出す。四人はみるみる内に序列戦の舞台から離れていく。

『アノス。お前の本体はどこにいる？』

パリントンから《思念通信》が届く。

この体は、彼に作ってもらった魔法人形だ。人型学会の人形皇子と呼ばれるだけあり、人体と見分けがつかぬほど精巧だ。今、《思念並行憑依》で動かしている俺でさえ、人形を操っている気がまるでしない。

エレオノールに疑似根源も入れてもらっており、魔眼に優れた者でも時間をかけねばそうそう見抜けまい。

「すでに《渇望の災淵》に到着した。アイオネイリアの降下にまぎれてな」

正確には、アイオネイリアを操縦しているのが俺の本体だ。父さんと母さんもこちらに乗せてある。

『……やはり、あれはお前が図ったことなのか……？』

パリントンが疑問を投げかける。次いで、機関室にいるバルツァロンドが口を開いた。

「二律僭主をどうやって誘い出した？」

「お前を助けた際に球遊びをしてな。奴もイーヴェゼイノに用があるというので、情報を流した。パブロヘタラに敵対する不可侵領海がやってくれば、否が応でも奴らはそちらの対応に追われる」

その分、研究塔へ潜入するパリントンたちが動きやすい。

「逆に私たちの障害になるかもしれない。災人イザークが目覚める危険もあるぞ」

「わざわざイーヴェゼイノに来たのだから、二律僭主の目的は俺たちではない。上手く囮に使え、パリントン。災人イザークが目覚めるなら、研究塔はそちらに人員を割かれる。潜入しやすくなるというものだ」

結果、起きるにせよ、この程度ではまだ可能性は低いだろう。起きたとて対処のしようがある。でなければ、ナーガも序列戦を続けるとは言うまい。

『……確かに好都合と言えば好都合である。姉様の容態を回復させるのが最優先、この混乱に乗じて、速やかに研究塔へ潜入する』

パリントンがそう言った。直後、別の《思念通信》が届く。

『元首アノス、元首代理ナーガ。オットルルーは提案します』

上空にて、裁定神は《渇望の災淵》へ沈んでいった樹海船アイオネイリアを注視し続けている。

『災淵世界に侵入した船は、二律僭主が有する樹海船アイオネイリアです。パブロヘタラ学院条約第四条、不可侵領海への対処は聖上六学院の元首及び主神が行うと規定がありますが、イーヴェゼイノはその両者ともに眠っています』

起きていたところで、パブロヘタラの条約に従うとも思えぬがな。なにせ、気まぐれに世界を一つ容易く滅ぼす災人だ。ともあれ、これでパリントンがイーヴェゼイノへ来る口実ができた。今すぐ姿を現すのは不自然だが、ゼリドヘヴヌスに乗ってきたことにすれば、そこからは動きやすくなる。

『ここは幻獣機関、魔王学院、双方の力を合わせての対処が望ましいです。銀水序列戦の《裁定契約》を破棄するため、同意を願います』

「構わぬ」

当然、パブロヘタラとしてはそう判断せざるを得まい。

まずは外敵への対処が最優先だ。そうなれば、二律僭主を排除するまでは堂々と災淵世界にいられる。そして、二律僭主が見つかることはない。

仮面を外せばいいわけだからな。俺は二律僭主を捜すフリをして、堂々と動くことができる。

イーヴェゼイノが同意するなら、少ない戦力で銀水序列戦を行う必要もなくなるのだが――

『幻獣機関は反対ね。イーヴェゼイノを自由に動き回られてもいい迷惑』

ナーガからそう《思念通信》が飛んできた。

そうそう都合良くは回らぬか。二律僭主を捜すフリをして、俺がドミニクに接触すると考えるのは当然だ。ナーガからすれば、俺も二律僭主も、早々にイーヴェゼイノから追い出したい邪魔者に違いはない。

『魔王学院が退くなら、イーヴェゼイノだけで対処するけど？』

「退いてやっても構わぬぞ。お前の負けでいいならな」

『要求が飲めないのはわかってるわよね？』

《裁定契約》では、銀水序列戦に魔王学院が勝利すれば、ドミニクのもとへ案内してもらうことになっている。

ナーガが承服できるはずもない。

「あいにくとこちらも時間がない。二律僭主は第七エレネシアの一部を領土にするような輩だ。追い払うのを待っていれば、何年かかるかわからぬ」

『そう言うと思ったわよ』

特に困った風でもなく、ナーガは言った。

『オットルルー。《裁定契約》は破棄しない。このまま銀水序列戦を続行する。二律僭主は、幻獣機関の所長ドミニクが対処を行うわ』

『承知しました。両学院の意向を優先し、他の聖上六学院へ応援を求めます。聖剣世界ハイフォリアよりすでに回答がありました。聖王レブラハルド率いる狩猟義塾院がイーヴェゼイノ到着まで凡そ一時間の予定です』

不可侵領海が闖入してきた状況で銀水序列戦を続行するのは賢い判断とは言いがたいが、オットルルーは自らの秩序に従い、ルール通りに振る舞うしかないのだろうな。

しかし、一時間か。思ったより早い。

偶然近くにいたか。それとも、イーヴェゼイノでなにかが起きるだろうと踏んでいたか？ハイフォリアが来るまでに事を終えねば、面倒な事態になりかねぬな。

『応援はいらないわね。イーヴェゼイノのことは、あたしたちが対処するから』

『要求は却下されます。パブロヘタラ学院条約第四条より、不可侵領海に関しては、聖上六学院は他の小世界へ介入する権利を有します』

パブロヘタラは法に厳格だ。拒否するには、学院同盟から脱退する以外にないだろう。

『相変わらず、融通が利かないのね。わかった。だったら、一時間以内に魔王学院を片付けて、二律僭主を追い払ってあげるわよ。それなら文句ないでしょ』

ふむ。大きく出たな。

『かかってらっしゃい、アノス。泡沫世界で育ったあなたに、滅びの獅子の戦い方を教えてあげる』

巨大な岩の亀、ゼーヴァドローンの魔眼が光り、その視線が魔王列車に降り注ぐ。まるで獲物を補足したかのように、災亀はゆっくりとこちらへ近づいてくる。

「カカカカカッ！」

エールドメードの笑い声とともに、魔王列車が急上昇し、災亀へ向かって接近を始めた。

「面白いではないかっ!!　是非、ご教授願いたいものだ、その戦い方とやらをっ!!　果たして、魔王の力になるものかどうか、この熾死王が確かめてやろうっ！」

『お呼びじゃない』

「エンネちゃん」

災亀の甲羅にコーストリアが姿を現す。彼女は日傘を広げ、そこに魔法陣を描いた。

「うんっ！」

魔王列車の結界室では、素早くエレオノールがエンネスオーネと魔法線をつなげ、《根源降誕母胎》を行使していた。コウノトリの羽根が舞い、彼女の魔力が際限なく増幅していく。

「結界を張ってはならない」

バルツァロンドが忠告する。戦局が見えるようにと彼は魔眼室へ移動していた。

「コーストリアは《災禍相似入替》を使う。属性が同じ、形が同じといった具合に、相似関係にあるものの位置を入れ替えるのだ。相似か否かは奴の主観によるところが大きい。結界を張った途端、攻撃魔法と交換されてしまう」

コーストリアは黒き粒子を日傘の魔法陣に溜めながら、こちらに顔を向けている。先に仕掛けてこないのは、バルツァロンドが言う通りの狙いだからだろう。

「でも、《聖域白煙結界》なしに食らったら、そんなに長くもたないぞ？」

「列車自体を強固にするといい。同一の物体と見なせるものを切り離しての入れ替えはできない」

「ボクの創造魔法は、人体以外はいまいちだぞ。ミーシャちゃんかファリスがいればよかったんだけど、ミサちゃんまでいないし——わぁっ……！」

魔王列車がガタンッと揺れる。火口から噴出された火山岩塊が、車体に当たったのだ。さすがにそれだけで損傷はないが——

「カカカカ、迷っている暇はないぞ、魔王の魔法。あれを見たまえ」

無数の火山岩塊とマグマが、災亀の周囲に集まり、魔王列車に狙いを定めている。先程直撃した岩も、あの幻獣が操ったものだろう。

「予習は済ませたではないか！　さあさあ、やるぞ！　第一連結歯車を絵画に接続したまえ」

「りょ、了解！　第一連結歯車を絵画へ！」

メイティレンの絵画に歯車が描かれる。火室が開けば、ごうごうと燃えるその場所にも歯車が現れていた。

「合体、接続──」

メイティレンの絵画をひょいと手にして、エールドメードは火室の前に立つ。

「連結だぁぁあっ！」

絵画が火室に放り込まれる。激しい炎に包まれながら、絵の中の歯車と火室の歯車が魔法のように噛み合った。

「カカカカ、缶焚き、火夫、全力で石炭をぶち込みたまえ。バランディアスのときよりも骨が折れるぞ」

愉快そうなエールドメードの命令に従い、缶焚き、火夫の二人は全力で投炭していく。

「ちっきしょう……！　こないだだって倒れたっていうのに……!!」

「喋ってる暇があったらぶち込めっ!!　燃やせぇぇっ!!　あんな岩石まともに食らったらひとたまりもねえぞっ……！」

火室が勢いよく燃え上がり、炎に包まれた歯車がゆっくりと回り始める。煙突からもうもうと黒煙が立ち上り、魔王列車の二両目を包み込む。その車体に城の紋章が刻まれた。

「魔王列車、二神連結完了！」

ぐんと加速した魔王列車は、災亀から放たれた火山岩塊とマグマの隙間を縫うように走っていく。直後、先頭車両の目の前にぱっと巨大な火山岩塊が出現した。コーストリアが《災禍相似入替》で小さな石と巨大な火山岩塊を入れ替えたのだ。

「いっくぞぉぉ……‼」

「「えいえいおー」」

コウノトリの羽根を舞わせながら、エレオノールが魔力を送る。

「《魔固聖煙不動歯車城》‼」

煙突から溢れ出た白煙が魔王列車全体を包み込み、その装甲が堅固に創り変えられていく。車体は分厚く、城を連想させるフォルムと化した。王虎メイティレンが有する築城の権能を使ったのだ。

ダッガァァァアンッと派手な音を轟かせ、先頭車両にぶつかった火山岩塊が真っ二つに割れた。魔王列車には傷一つついていない。

「残念」

災亀の上で、コーストリアが静かに言った。割れた火山岩塊の内部から、小さな人形が出てきて、宙を漂う。それには片腕がなかった。

「《災禍相似入替》」

小さな人形が姿を消し、入れ替わるように現れたのが隻腕の男、ボボンガだ。

「出てこい、兄弟。こんな鉄屑では己の相手にならん」

黒き粒子が男の隻腕に集い、大気を震わす。ミリティア世界でやり合ったときとは比べものにならぬ魔力だ。浅層世界を壊さぬよう、手加減していたのだろう。

「《根源戮殺》ッッッ！！！」

魔王列車の上部に乗り、ボボンガは漆黒に染まった拳を車体に思いきり叩きつけた。破片が周囲に弾け飛び、《魔固聖煙不動歯車城》の装甲が大きく歪む。

瞬間、車体の内側から真白に輝く剣先が装甲を突き破ってきた。

「……ぬっ……が、ぁ……!!」

ボボンガの隻腕が、いとも容易く斬り落とされ、火山へ落ちていく。

「そう来るだろうと思っていたよ」

またしても、バルツァロンドの読み通りである。魔王列車から現れたレイが、腕をなくしたボボンガに霊神人剣を突きつけた。

§25. 【邪道の射手】

「……ふん……エヴァンスマナの剣身か……」

左腕を失いながらも、ボボンガは冷静に言った。

魔王列車の屋根の上、レイの眼光が鋭く彼に突き刺さっている。

「アーツェノンの滅びの獅子を狩るために鍛えられたハイフォリアの聖剣。狩猟貴族ではない貴様が、なぜ持っているか知らんが――」

突きつけられたエヴァンスマナをまるで意にも介さず、ボボンガは無造作に動く。

「――それで、兄弟が倒せたか！」

奴は大口を開け、そこに魔法陣を描く。黒緑の炎が溢れ出し、唸りを上げた。

「《災炎業火灼熱――がっ……!!」

放たれつつあった火炎ごと、レイは霊神人剣にてボボンガの口を貫いた。射出寸前の魔法がその場で爆炎を撒き散らし、ボボンガの全身を包み込む。

「アノスが倒せなかったら、なんだい？」

ボボンガは霊神人剣に口を串刺しにされたまま、己の魔法に身を焼かれ続ける。身動きの取れぬその状態で、しかし狂ったような笑みを見せた。

「皆まで言わねばわからんか。アーツェノンの滅びの獅子は、そんなものには負けぬということだっ……!!」

黒き粒子が、ボボンガの全身に集う。

「ふっ……！」

レイは霊神人剣を真っ直ぐ下へ斬り落とす。喉を裂き、体を裂き、その神々しい刃がボボンガの根源を斬り裂こうとした瞬間、どっと黒緑の血が噴出した。

それが魔王列車にふりかかれば、《魔固聖煙不動歯車城》の装甲を瞬く間に腐食させた。

魔王の血に酷似している。

『滅びの獅子が本性を現す。右腕に気をつけるのだ』

バルツァロンドの言葉がレイの耳に届く。その次の瞬間、ボボンガの右腕の切断面に禍々しい魔法陣が描かれた。

斬り裂いた奴の体から黒き粒子が立ち上り、みるみる傷口が塞がっていく。

「狩人の聖剣を持ったぐらいで粋がるなぁっ……!!」

黒き異形の右腕が、生えた。

通常の二倍ほどの長さがあるその腕は、まるで滅びを凝縮したかのように凄まじい魔力を放ち、レイの体めがけて横から猛然と薙ぎ払われた。

バルツァロンドの指示を聞いていたレイは、予想通りとばかりに霊神人剣を引き、大きく飛び退く。空を切った異形の右腕は、車両の屋根をかする。その滅びの力が屋根を根こそぎ吹き飛ばした。

貨物室だ。魔王学院の保有する火露の一部が舞い上がり、この空域に散らばっていく。

「《災淵黒獄反撥魔弾》」

ここぞとばかりに災亀から単身飛んできたコーストリアが、レイと魔王列車めがけて、無数の魔弾を撃ち放つ。

「ふっ……！」

彼はそれを霊神人剣で斬り裂いていく。その隙にボボンガは貨物室に降り立った。

中には防備につく生徒数名がいた。

「マジかよ……このバケモン……」

「……《魔固聖煙不動歯車城》だぞ…………死ぬ気で練習したってのに……」

顔面を蒼白にしながらも、彼らはボボンガと対峙する。異形の右腕が触れれば、一瞬にして滅び去ってもおかしくはない。

「雑魚めざこ。貧弱極まりない」

容赦なくボボンガは距離を詰めていく。

「《憑依召喚アゼプト》――」

声が響いた瞬間、ボボンガは足を止めた。

ついさっきまでは、そこには著しく魔力の劣る者しかいなかった。だが、突如、一人の魔力が急激に跳ね上がったのだ。

「――《融合神ガラギナ》！」

「貴様からだ。死ね、女」

反転すると、ボボンガはナーヤに向かって猛突進し、黒き右腕を振り上げた。

『カカカッ、狙え狙え、外せば、死ぬぞっ！』

《知識の杖つえ》がカタカタと喋しゃべる。

「《重渦ベイド》ッ！」

ナーヤが狙ったのは、ボボンガの右腕から一番遠い左足。空間が捻ねじれ、重さを伴う渦が奴やつの足を巻き込んでいく。圧おし潰れはしない。僅かに傷をつけることさえない。しかしボボンガは足をとられ、体勢を崩す。そのまま振り下ろされた異形の右腕は、壁を粉々に打ち砕き、無残に破壊した。

「きゃあぁっ……!!」

どうにか寸前でかわしたナーヤだったが、巻き起こった余波で体をズタズタにされる。

「足を引っかけたからどうした？　二度目はないぞ、女。ひねり潰してくれるわっ!!」

《重渦》を力尽くで振り払い、ボボンガが前進しようとした瞬間、目の前に《血界門》が現れた。

「こんな脆弱な門がどうしたっ……!!」

異形の右腕を猛然と振り上げ、ボボンガは《血界門》を破壊しようとする。だが、勢いよく門が開き、その拳は空振った。

「馬鹿力の持ち主と戦うのは慣れたものよ」

勢い余りボボンガが門に一歩を踏み込む。その先には転移してきた冥王がいた。《血界門》が発動し、ボボンガの体は魔王列車の外に飛ばされた。

「行ったぞ、カノン」

空に強制転移されたボボンガの背後に、まるで計算ずくとばかりにレイが迫っていた。

「お早いお帰りだね」

「抜かすなぁっ……!!」

くるりと反転した勢いでボボンガは裏拳を放つ。レイはそれを冷静にくぐって、霊神人剣を突き出した。

「はぁっ……!!」

ボボンガの根源に霊神人剣が突き刺さり、黒緑の血が溢れ出る。剣先を腐食させようと、血の魔力が猛威を振るう。それを斬り裂かんとエヴァンスマナが白々とした光を放ち、鬩ぎ合う両者は白と黒の粒子を撒き散らした。

レイはその魔眼で、ボボンガの根源の深淵を覗く。

「不可解といった顔だな、狩人モドキ。霊神人剣で、不完全な獅子の血を封じきれぬのが、そんなに不思議か？」

異形の右腕が僅かに動く。根源を刺され、弱ってはいるものの、俺に対するより遥かに霊神人剣の効果が薄い。

「獅子の腕は一本、授肉もしていない。兄弟よりも不完全だが、その分、滅びの獅子の特性が弱い。今の己たちには、その錆びた剣は大した弱点ではないわぁっ‼」

振り下ろされた黒き異形の右腕を、レイは霊神人剣で受けとめ、弾き飛ばした。

「ぐぅっ……！」

「これだけ効けば十分だよ」

返す刀で霊神人剣を肩口に振り下ろす。だが、突如ボボンガは消え、その刃は代わりに小さな人形を斬り裂いた。

「変なことを偉そうに言わないで。それ、自慢じゃない」

空に浮くコーストリアが苦言を呈する。

隣にボボンガが浮いていた。《災禍相似入替》で入れ替えたのだ。

「事実だろう。お前は、完全体が嫌いなんだから、別に構わんはずだ」

「だからって、中途半端な今の体が好きなわけじゃない」

アーツェノンの滅びの獅子は二人並び、全身から黒き粒子を立ち上らせる。

「あいつはなんで出て来ないの？」

「僕たちだけで十分だからじゃないかい？」

さらりとレイが嘘をつく。ムッとしたようにコーストリアが言った。

「ナーガ姉様」

今の交戦の最中、巨大な岩の亀が魔王列車と距離を詰めていた。甲羅の上には、車椅子に乗ったナーガの姿がある。

「炙り出して」

「嫌に決まってるでしょ。手を抜いてるならそれでけっこう。アノスが出るより先に火露を回収して終わらせるわ」

ナーガはそう回答した。

邪火山から噴出されていた無数の岩石が、吸い寄せられるように災亀の周囲に集う。ナーガの足元に黒い水たまりができていた。彼女の魔力だ。ナーガはそれを手ですくいあげて、宙に魔法陣を描いた。

「《幻獣共鳴邪火山隕石》」

ギィン、ギィン、と災亀ゼーヴァドローンと邪火山ゲルドヘイヴが共鳴する。無数の火山岩石が黒緑に染まったかと思えば、魔王列車めがけて一斉に落下を始めた。

『船の高度を下げてはならない。あの隕石魔法は、落ちれば落ちるほど威力が高まる。手数重視で、早めに撃ち落とすのだ！』

素早くバルツァロンドが指示を出す。レイが《聖域熾光砲》を乱射し、イージェスは《次元衝》を放ち、降り注ぐ黒緑の岩石を撃ち落としていく。

「《複製魔法鏡》……です……！」

ゼシアが魔法の合わせ鏡を作り、レイの《聖域熾光砲（テオ・トライアス）》を次々と複製した。

「照準よしっ」

「連射重視で、発射発射ーっ！」

ファンユニオンの少女たちは、魔王列車の全歯車砲から《断裂欠損歯車（アビス）》を連射し始めた。

サーシャは《破滅の魔眼》で、火山一帯を視界に収め、噴出する火山岩石を粉砕しては、ナーガへの弾の供給を断っている。

「そちらに構ってる場合か、狩人（かりゅうど）モドキ」

《幻獣共鳴邪火山隕石（ボルク・ゼーヴァヘイヴ）》の隙間をかいくぐり、ボボンガが異形の右腕をレイに振るう。霊神人剣でそれを受けとめるも、その間は落ちてくる岩石を落とせない。

「《災淵黒獄反撥魔弾（レイル・フリーエル）》」

だめ押しとばかりに、コーストリアは回転する傘から六発の魔弾を放った。それは降り注ぐ無数の《幻獣共鳴邪火山隕石（ボルク・ゼーヴァヘイヴ）》の間を何度も何度も反射し、みるみる魔力と勢いを増幅させていく。

並の魔法では撃ち落とせぬ上、速い。エレオノールの《聖域白煙結界（テオボロス・イジエリア）》なら防ぎようもあるが、恐らくその瞬間を狙って、《災禍相似入替（バシュッツ）》で魔法を入れ替えてくるはずだ。

かといって距離をとるため高度を下げれば、《幻獣共鳴邪火山隕石（ボルク・ゼーヴァヘイヴ）》の餌食（えじき）となろう。

「砲撃の手は増やせまいかっ？《災淵黒獄反撥魔弾（レイル・フリーエル）》を落とさねば、押し込まれる」

バルツァロンドが砲塔室へ言うと、砲撃を続けながらファンユニオンたちが応答した。

「カナッちもミサもいないから、これが限界」

「《古木斬轢車輪》で落とすしか……！」

「照準、もっと右」

「了解！」

「違う左っ！　だめ、やっぱり右っ」

「速すぎるよっ……！」

少しずつ少しずつ、魔王列車は下降を余儀なくされる。だが、下がれば下がるほど《幻獣共鳴邪火山隕石》は加速し、その威力を増す。このままでは、撃ち落とせなくなるだろう。

「ええいっ！　ならば、私がやるまでだ！」

魔眼室にて、バルツァロンドは背負っていた弓を手にした。

「イージェスとサーシャに任せよ。魔王列車に乗っていることを知られるぞ」

「なんの、このバルツァロンドにとって弓は邪道の技。聖剣世界の秩序に反するため、訓練でも見せたことはなく、知る者は最早一人とていない」

言うや否や、奴は予備動作すら見せず、すでに赤い矢を放っていた。それは魔王列車の装甲を透過し、目にも止まらぬ速度で《災淵黒獄反撥魔弾》を射抜いた。

中心を貫かれたその魔弾はどこへ反射することもなく、その場で爆発した。

「この……よくも……」

コーストリアが苛立ちをあらわにした瞬間、残り五つの魔弾が赤い矢に貫かれ、同時に爆発する。それに巻き込まれ、降り注ぐ岩石も粉々に砕け散った。

「……聖なる魔力と矢……？　号外には載ってなかった……」

「そこだ」

コーストリアが思考を巡らせた一瞬の隙をつき、放たれた赤い矢が疾走した。

全速の《飛行(フレス)》にて、彼女はそれをかろうじてかわす。

「外れ」

空域を疾走する魔王列車を追いかけ、コーストリアは魔眼室(まがんしつ)に照準を定める。

「誰か知らないけど、死んじゃえ――」

日傘に魔力が集中する。瞬間、地面の一点が輝き、日傘の魔力が霧散した。

赤い光に彼女は貫かれていた。黒緑の血が肩に滲(にじ)んだ。

「……な、に…………？」

「外れだと？　獣如(ごと)きがよく言ったものだ」

魔眼室(まがんしつ)にて、バルツァロンドは一人呟(つぶや)く。コーストリアに刺さったのは、一度かわしたはずのバルツァロンドの矢。《幻獣共鳴邪火山隕石(ボルグ・ゼーヴァヘイヴ)》と同じ性質で、遠くへ行けば行くほどに加速する矢が、空を越え、黒穹(こっきゅう)を越え、災淵(さいえん)世界を一周して大地をすり抜け、コーストリアを射抜いたのだ。

「このバルツァロンド、世界の果てだろうと、的を外したことなどありはしない」

§26.【一暴れ】

《渇望の災淵》。

そのどでかい水たまりの中、樹海船アイオネイリアは水底へ進路をとり、潜水していく。水面よりも内部は大きく、巨大な樹海を丸ごと飲み込んで、なおも広々としている。

潜れば潜るほど水は濁り、魔力場は荒れ狂う。樹海船から俺は、魔眼を向けた。その水の深淵を覗けば、不気味な声が反響した。

欲しい――

足りない――

もっと――

渇く、渇く、渇く――

「ふむ。渇望が溶けて混ざった水か」

銀水聖海中の渇望が《淵》であるイーヴェゼイノに集い、雨となって降り注いでは、この水溜まりに沈んでいる。

まだ浅層にもかかわらず、幻獣どもの声は呪詛のように頭に響く。抵抗力の弱い者は、ここに来ただけでも気が触れるだろう。深層には果たして、どれほどの渇望が溜っているのか。

もっとも今の目的は、そこではないがな。

「パリントン。《渇望の災淵》に、幻獣機関の研究塔があるのだったな?」

火山地帯から離れ、こちらへ向かっているパリントンへ《思念通信》を飛ばす。

『その通りである。雷貝竜ジェルドヌゥラの貝殻で作られた施設だ。巨大なため、一目でわかるだろう』

視線を下層へ向ければ、そこに無数の棘がついた巨大な貝殻が見えた。

あれか。

縦に長く、貝殻は塔のように水底へ向かって伸びている。

『入り口は一つ。それが開くのは、雷貝竜ジェルドヌゥラが餌を捕食するために貝殻から飛び出してくるときのみである』

貝の口が入り口か。授肉した幻獣を、そのまま研究塔に使っているのだろう。

「それはまた不便そうだな」

『ドミニクが研究塔から出るのは一〇〇年に一度あるかないかである。不都合はないのだ』

雷貝竜ジェルドヌゥラは、幻獣研究の邪魔をされぬためのもの。あの中ですべてが事足りるのなら、確かに滅多に入り口が開かずとも問題はない。いざとなれば餌を用意して、開ければよいわけだからな。

『上手くジェルドヌゥラを誘き出し、その隙に研究塔へ忍び込む他ないのである。姿を見られるわけにはいかぬ以上、真っ向からやり合うのは得策ではない』

「なに、どうやら二律僭主の船は《渇望の災淵》の底を目指しているようだ。幻獣機関は応戦するだろう。奴(やつ)が一暴れするなら、その隙に中へ入る。お前たちも早く来い。機を逸するぞ」

『急ぎ、向かっている』

《思念通信(リークス)》を切る。踏みしめた樹海の大地へ魔力を送れば、アイオネイリアの木々が魔法陣の形へと変化した。この船の砲門だ。

「《覇弾炎魔熾重砲(ドグダ・アズベダラ)》」

巨大な樹木の魔法陣から蒼(あお)き恒星が姿を現す。

それは光の尾を引いて、水中を突き進み、幻獣機関の研究塔に着弾した。派手な振動を巻き起こすも、貝殻の研究塔は無傷。一瞬ついた炎もすぐに消えた。

「なかなかどうして頑丈なことだ」

次々とアイオネイリアの砲門を開いていき、《覇弾炎魔熾重砲(ドグダ・アズベダラ)》を連射する。けたたましい音を響かせながら、研究塔は激しく揺さぶられる。いかに堅かろうと、弱点に魔法砲撃を集中すれば、いずれ穴は空くものだ。

狙いは、貝の口。開け閉めができるのなら、他よりも脆(もろ)いのが道理だ。

俺はそこへ、蒼(あお)き恒星を撃って、撃って、撃ちまくった。蒼(あお)き恒星が幾度となく爆(は)ぜ、貝殻に亀裂が入り始める。貝の口に隙間ができかけたその瞬間、耳を劈(つんざ)くほどの咆吼(ほうこう)が水中を伝播(でんぱ)した。

巨大な貝の口がぱっくりと開き、そこから勢いよく飛び出してきたのは、ひたすらに長く、貝殻のような鱗(うろこ)を持った竜である。

雷貝竜ジェルドヌゥラは、その顎(あぎと)を開くと、バチバチと激しく放電する。激しい雷のブレスが樹海船アイオネイリアを直撃した。

　だが、あちらの貝殻同様、この船の結界はそうそう破れぬ。

『応答しなさい、二律僭主』

　樹海船の内部へ《思念通信(リークス)》が響いた。貝殻の研究塔の中から、幻獣機関の兵士たちが続々と水中に飛び出してきている。

　皆、雷貝竜の鱗(うろこ)そっくりな、貝殻の白衣を身につけていた。

『我々はイーヴェゼイノ幻獣機関、所長ドミニク直轄の狂獣部隊。警告します。ただちにイーヴェゼイノから立ち去りなさい。速やかに船を浮上させなかった場合、狂った渇望(かつぼう)があなたを飲み込むこととなりましょう』

　狂獣部隊。バルツァロンドの話では、フォールフォーラル滅亡に関わっている可能性が高いということだったな。

　いかに不可侵領海といえど、イーヴェゼイノの中枢である《渇望の災淵(かつぼうのさいえん)》までやってきては、放っておくわけにもいかぬだろう。最大戦力を投入したといったところか。

『父さん』

　樹海船の中、母さんを抱き抱える父さんへ《思念通信(リークス)》を送りつつ、俺は地面を蹴った。

『一暴れしてくる』

『お、おうっ！　イザベラのことは任せろっ！』

　樹海船から飛び上がり、俺は一番高い木の上に乗った。二律僭主に扮(ふん)するため、顔にはアヴォスの仮面をつけ、外套(がいとう)を身に纏(まと)っている。

船の中は枝葉の結界で隠れ、見通せぬ。もっとも、奴らは俺から魔眼を離せぬだろうがな。その証拠とばかりに、姿を曝した途端、狂獣部隊の視線がこの身に釘付けになっている。奴らの背後では雷貝竜が凶暴な雷を鱗に走らせていた。

できる限り穏便に潜入する手もあったが、今回は急ぎだ。可能な限り奴らの戦力を引きつけ、徹底的に叩いてやった方が早く済む。

ついでにロンクルスとの約束も果たせることだしな。

「……二律僭主からの応答なし。只今より当該不可侵領海を敵と認定、狂獣部隊の総力をもって排除します……！」

数十名の幻魔族たちが、魔力を全開にし臨戦態勢に移行する。

が、思ったよりも弱い。

この程度では――

「ここは《渇望の災淵》、雷貝竜ジェルドヌゥラがあ……る……限……り……が、がが……！！！」

ふむ。なんだ？

奴らの様子がおかしい。目が血走り、筋肉は怒張して、その形相が悪鬼のように豹変している。魔力が、数段跳ね上がった。

「殺す……殺してやる……！」

「あああ、ああ、あぁぁぁぁ……死ねっ……！　早く死ねぇぇぇっ……！」

「ひゃーはーっっっ!!　不可侵領海だかなんだか知らねえが、のこのこおいでなすったぜ、よそもんがっ」

「二律僭主を滅ぼしてやりゃ、俺が不可侵領海だっ！」

「俺の獲物だ！　手を出すなっ‼」

「馬鹿め馬鹿め。ここは我らの領域ぞっ！　この《渇望の災淵》は、幻獣と幻魔族以外の生物には、水災そのものなのだっ……‼」

性格まで豹変したな。それも全員。理性が消え、欲望に染め上げられたといった具合だ。狂獣部隊の所以というわけか。

「ぐふ、ぐふふははは……‼」

幻魔族たちが俺めがけて突っ込んでくる。

その数、一五名。

「ぐへへへへ――がっ……⁉」

飛び込んできた幻魔族全員が真っ二つに切断されていた。

「……な……ん、だ……？」

奴らの魔眼に、二律剣は見えていない。正体が知られぬように、《変幻自在》にて透明化しているのだ。もっとも、透明化していなかったところで、外套の中の剣を抜いたのが見えたかどうか？

「ふむ。仲間の死を見て、足を止める程度の理性は残っているようだな」

残りの幻魔族たちは、見えぬ二律剣を警戒するように俺から距離を取ったままだ。

「ぎゃはははははっっ！　こいつは強えっ！　面白え獲物だぁぁっ‼　最高じゃねえのっ

「……!!」

雷貝竜が唸(うな)り声を上げ、その全身から放電した。それは幻魔族たちの魔剣に絡(から)みつき、バチバチと音を立てて帯電する。

「「「《災雷落撃(ガベズナ)》アアアッツッ！」」」

魔剣という魔剣から放たれた無数の災雷(さいらい)が俺を襲う。

大きく飛び退(との)いてそれを避け、奴(やつ)らめがけて魔法陣を描いた。

「《覇弾炎魔熾重砲(ドグダ・アズベダラ)》」

密集する幻獣部隊へ、蒼(あお)き恒星を撃ち放つ。一人に着弾すれば、爆発する勢いで炎が燃え広がった。

だが、無傷だ。後ろにいる雷貝竜、あれが奇妙な魔力場を作りだしている。

「教えてやろうかぁねぇ？　雷貝竜ジェルドヌゥラの水域では、雷属性の魔法は強化されるが、それ以外は弱体化するぅ」

得意げに、狂獣部隊の一人が言う。あたかも顕示欲を満たすかのようだ。

「こんな風にぃぃぃっ!!」

俺を取り囲むように散らばり、狂獣部隊は魔剣を突き出す。

「「「ひゃっほぅーっ！　《災雷落撃(ガベズナ)》アアアッツッ！」」」

「焼け、焼けぇぇっ」

「消し炭にしちまえっ、ひゃははは っ！」

かわす隙もないほどの災雷が俺を襲う。

右手をゆるりと動かし、魔法陣を描いた。

「《掌握魔手》」

夕闇に染まった右手で、すべての災雷を受けとめ、ぐっと握り締める。増幅した《災雷落撃》を、奴らに向かって投げ返した。

「おうおう、返ってきやがったぜぇっ、こいつはすげぇっ……！」

「ひゃあっはっーっ!!」

威力の上がった災雷を、奴らはいとも容易く弾き飛ばした。

「効かなぁいねぇぇ。雷貝竜の鱗貝は雷を通さないぃ。どういうことかぁ、わぁーかるかねぇ？」

再び、幻魔族の一人が顕示欲を剝き出しにする。

「接近しない限り、きぃみに我々を倒すのは不可能ということなぁのだよぉ、二律僭主くん」

奴らの鎧はすべて、雷貝竜の鱗で作られているようだな。雷以外が弱体化する水域だ。雷属性魔法の対策をするのは万全というわけだ。

「面白い。ちょうど一つ、試したかったところだ」

俺はまっすぐ前へ突っ込み、幻魔族を素手でなぎ倒す。

「ぬ……がぁっ……！」

「はっはーっ、逃げられると思ってんのかがべぇぇぇっ……！」

追ってきた幻魔族を足蹴にして吹っ飛ばす。

「逃げると思っているのか」

包囲網を破ったのは、奴（やつ）ら全員を射程に入れるため。俺は指先から紫電を放ち、球体魔法陣を描く。我が父、セリス・ヴォルディゴードが有する滅びの魔法。球体魔法陣を手の平で圧縮するこの術式は、恐らくこれと相性がいい。

「《掌握魔手（レイオン）》」

夕闇に染まった右手で、紫電の球体魔法陣を握り締める。紫の稲妻が膨れあがり、激しい雷光を周囲に撒（ま）き散（ち）らした。

《掌握魔手（レイオン）》で増幅されながら、手の平の中で荒れ狂い膨れあがろうとする紫電を、無理矢理に押さえつけ、凝縮していく。

手を天に掲げれば、溢（あふ）れた紫電が一〇の魔法陣を描く。それらから紫電が走り、魔法陣と魔法陣をつなげ、一つの巨大な魔法陣を構築した。《掌握魔手（レイオン）》、そして他の深層魔法の術式を組み込んだ、深き滅びの紫電――

「《掌魔灰燼紫滅雷火電界（ラヴィアズ・ギルグ・ガヴエリイズド）》」

§27.【雷をつかむ者】

《渇望（かつぼう）の災淵（さいえん）》が紫に染まる。狂った幻獣に取り憑（つ）かれた狂獣部隊へ指先を伸ばし、渦巻く滅びの紫電を静かに撃ち放った。

だが――

ふむ。遅いな。《掌魔灰燼紫滅雷火電界(ラヴィアズ・ギルグ・ガヴェリイズド)》は鈍重と言っても過言ではないほどの速度で進む。

「ぐふ、ぐふふふふっ、遅えぇっ、遅すぎるぜ、なぁっ!!」

「ひゃっはーっ！　避けてくれって言っているようなものだぁっ！」

「いいやぁ、そぉれどころか！　格好のエサではなぁぁいかねぇぇっ!!　雷貝竜のぉおっ！」

狂獣部隊の一人が合図とばかりに指を鳴らせば、唸(うな)り声を上げて、雷貝竜ジェルドヌゥラが大きく口を開く。

そいつは、遅々と進む滅びの紫電をぱくりと食らった。

「ぐふふふふ、ぐはははははははっ!!　雷を食(く)らうことでジェルドヌゥラは、真の姿を発揮すぅるぅのだぁっ！　見ぃよ！　災淵(さいえん)世界において、大災雷(だいさいらい)の化身と謳(うた)われた恐怖の幻獣のすが――」

「ギッ、ギッ、ギャオオォォォォォォォォォォォンッ
……………!!!!」

断末魔のような叫び声が、水中に残響していた。雷貝竜ジェルドヌゥラの巨体に紫電が走り、体の鱗貝(うろこがい)が一つ残らず吹き飛んだ。

全身は黒こげになっており、ぐったりと水中を漂う。その遺体の一点がチカッと紫に輝いた瞬間、体内をぶち破り、《掌魔灰燼紫滅雷火電界(ラヴィアズ・ギルグ・ガヴェリイズド)》が現れた。

遅すぎる紫電の魔法陣は、しかし凶暴なまでの滅びの力を内に宿し、なおも幻魔族のいる場所へ向かっていく。

「な…………」

「あ…………」

口を開けたまま、言葉に詰まったように幻魔族はその光景を見つめる。

「……………ジェルドヌゥラが……」

「……大災雷の化身が……」

「……雷に……やられ……た…………？」

ごくりと唾を飲み込み、自分たちのもとへ向かってくる滅びの紫電を、恐れおののいた表情で彼らは見つめる。

「ひゃあっはーっ、怖じ気づいてんじゃねえっ……!!」

「がばぁっ……!!」

後ろから狂獣部隊の一人が、味方を蹴り飛ばす。勢いよく弾け飛んだ三人は、滅びの紫電を体にかすめる。

その瞬間、激しい紫電が全身を襲った。

「「「があああああああああぁぁぁぁぁぁぁっ……！！！」」」

「ぎゃはははっ、すげえ、こいつはたまんねえぜぇっ！　ジェルドヌゥラがやられるわけだっ！」

あっという間に黒こげになった仲間たちを見て、そいつは笑った。見れば、他の者も狂気に染まったように薄ら笑いを浮かべている。

「ビビッてんじゃねえよ、あん？　狂え狂えっ！　笑えっ！　狂気こそ力ぁぁっ！　戦いってなぁぁ、正気に戻ったもんから死ぬんだよぉぉぉっ!!」

その幻魔族は、滅びの紫電へ突っ込んでいき、それを寸前で避けた。

「ひゃははっ、度胸試しにちょうどいいぜ、この魔法はぁっ!!」

狂気が乗り移るかのように次々と幻魔族たちが動き出す。

「遅えぇっ！　当たりっこねぇぇっ、遅すぎんぜぇぇっ……!!」

「おらおらおらぁっ！　滅ぶぜぇぇっ、当たったら滅びちまうぜぇぇっ……!!」

かすれば一瞬で滅び去ってもおかしくない滅びの紫電の、あえてぎりぎりを通り抜ける。頭のおかしい無意味な行動だったが、しかし彼らの狂気が高まれば高まるほどに、その魔力は上昇した。

「「「ひゃーはっはっはっはっは！！！」」」

紫の雷をやり過ごし、奴(やつ)らは狂ったように笑う。何人か度胸試しに失敗し、黒こげになっているというに、それすらも楽しんでいるかのようだった。

「ふむ」

パシッと俺は紫電をつかんだ。

「ひゃっは――は……？」

「完成度は四割強といったところか。威力はまずまずだが、こう遅くてはな」

狂獣部隊が目を見開く。魔法に気をとられた隙に、俺は奴(やつ)らを回り込み、《掌魔灰燼紫滅雷火電界(ラヴィアズ・ギルグ・ガヴエリイズド)》を《掌握魔手(レイオン)》でつかんでいた。

「いちいち投げねば当てられぬ」

つかんだ滅びの紫電を今度は投げつけてやれば、奴(やつ)らの瞳がますます狂気に染まる。目にも止まらぬ速度で紫の稲妻が疾走した。

「ひゃはーっ……！　避けろ避けろ避けろぉぉっ！　死んじまうぞぉぉぉ……!!」

「無ぅぅ駄なこぉとだよぉ。この水域で我らより速き獣は存在しなぁいぃ」

「ぐはははははははっ、当たらぬっ、当たらぬっ。これさえ、凌(しの)ぎきればよい話だぁあっ……！！」

瞬時に散開し、幻魔族は《掌魔灰燼紫滅雷火電界(ラヴィアズ・ギルグ・ガヴェエリイズド)》を寸前のところで回避する。

「「「……ひゃーはっはっはっはっはっは……!!」」」

「見ぃよぉ、当たらないぃぃ」

外れた滅びの紫電が明後日(あさって)の方向へと飛んでいき、それを俺がパシッと《掌握魔手(レイオン)》でキャッチした。

「……ばっ……!?」

幻魔族たちが驚いたように振り向いた。

「……追い越し……た……？」

「……だが……さっきまで……逆方向に……」

「分身……？　いや、どう見ても一人だった……」

「……いいや……。いいや、そんな馬鹿なっ……！　自分で放った魔法を……追い抜いて……自分でつかんだ……と……!?　あの速度の魔法をかっ……!?」

再びゆるりと《掌握魔手(レイオン)》を振りかぶる。

「どうした？　正気に戻ったか、狂獣部隊」

更に増幅された《掌魔灰燼紫滅雷火電界》を先程以上の速度で投げつける。

「笑え」

奴らは全速で回避行動をとった。

「な、長くは続かぬわぁあっっ!!　ここは《渇望の災淵》っ！　奴がどれほど強かろうと、あれほどの速度で泳げば、自ずと息が上がるっ!!」

「ぎゃはははっ、樹海船へ戻るしかないってぇわけだぁぁあっ!!　二律僭主だろうと不可侵領海だろうと、ここで呼吸はできんっ。陸の狼も、深海では小魚一匹獲れやしねぇのよっ。ましてや我らに勝てるはずもなぁぁしっ！」

「溺れるまで避け続ければいいだけのことぉっ！　簡単な仕事よぉぉ。ぐふふふ、ぐはははははは――っ!!」

紫電を投げては、それを追い越しパシッと受けとめる。中央にいる幻魔族たちは狂気と悲鳴が入り交じったような叫び声を上げ、右往左往した。

「……これだけの速度……すぐに、奴の息が……！」

「そら、次だ」

三球目。ぎりぎりのところを紫電がかすめていく。

「……相当無理をしているはずだ……仮面でわからぬが、最早限界のはず……」

「くはは、遅い。もっと全力で飛べ」

四球目。受けとめた紫電を、再び投げつける。

「あと……一度、これで……」

「ああ、準備運動は終わりだな」

五球目。息も絶え絶えの体に鞭を打ち、狂獣部隊は魔力を速度に変換する。奴らは紫電の投球を避けるため、狂気を糧に限界以上の速さで水中を飛んでいる。全力を上回る力を出せば、消耗が激しいのが道理だ。

それでも、俺が息継ぎをする方が早いという目算だったのだろう。

《渇望の災淵》は幻魔族と幻獣の水域であり、それ以外の種族は息ができぬ。どうやらそれは事実のようで、俺の体の調子はいつになくよかった。

ゆえに――

「……ハッ……ハッ……ハッ……！」

「ぜっ……ぜぇっ……ぜぇ……！」

「あ……う………ぁ………」

先に息を切らしたのは、狂獣部隊の方だった。

「……な、な、ぜだ…………？」

「……《渇望の災淵》で、これほど長く活動できる……はずが……」

「……化け物め……」

すっかり狂気もなりを潜めた。投げる度に速度が上がっていく《掌魔灰燼紫滅雷火電界》に音を上げ、心身ともに限界といったところか。

「二律を定める」

六球目。滅びの紫電を握りしめ、ゆるりと振りかぶる。

「お前たちが食らいたいのはこの弱めの紫電か、それとも、もっと強力な紫電か」

《掌握魔手》の度に魔法は威力を増す。いずれ食らうのなら、早い方がまだ助かる可能性があろう。

「選べ」

そう口にして、滅びの紫電を投げつける。一瞬、迷ったあげく、奴らは声を上げた。

「「ひゃ……ひゃはははははは、ひゃーはっはっはっ！！！」」

回避しようとはしない。最後の狂気を振り絞り、狂獣部隊は反魔法に全魔力を込め、突っ込んできた。

滅びの稲妻が、その顔を目映く照らす。

「「ひゃああ!!」」

絶叫する狂獣部隊。

目にも留まらぬ速さで放たれた《掌魔灰燼紫滅雷火電界》は奴らをすり抜け、《渇望の災淵》の底へ突っ込んでいく。

直後、耳を劈く轟音と、《渇望の災淵》を飲み込む紫電の大爆発が巻き起こった。

「「ひぃぃぃぃぃぎゃあああぁぁぁぁ!!!!」」

死屍(しし)累々。黒こげになった狂獣部隊の体が水中を漂う。

直撃しなかったとはいえ、滅びの紫電の余波に巻き込まれ、殆(ほとん)どの幻魔族は戦闘不能。かろうじて動ける者も、最早(もはや)大した脅威にはならぬ。

狂獣部隊は、フォールフォーラル滅亡に関わっている可能性がある。瀕死(ひんし)で生かしておけば、後はパリントンの部下と狩猟貴族たちがうまく捕らえるだろう。

「こんなところか」

しかし、底が見えぬな。

あれだけ増幅した《掌魔灰燼紫滅雷火電界(ラヴィアズ・ギルグ・ガヴエリイズド)》を浅層で直撃させれば、地上に影響が出る。《渇望の災淵(かつぼうのさいえん)》の底ならば、大丈夫だろうと踏んだが、なかなかどうして想像以上だ。滅びの紫電を受けておきながらも、この水溜(みずた)まりの深淵(しんえん)はびくともせぬ。

どうやら小世界よりも《淵(ふち)》の方が遥(はる)かに頑丈なようだな。

『アノスッ……！』

つないだ魔法線から、父さんの声が聞こえた。

なにやら焦(あせ)っている様子だ。

『どうした？』

『イザベラの様子が……さっきから何度も譫言(うわごと)を……』

耳をすます。

すると、母さんの声が聞こえた。

『……お祖父様が……言った……わたしは……渇望(かつぼう)から……逃れ……られない……』

『イザベラ……しっかりしろっ……大丈夫だ。俺がついてるからなっ……！』

パリントンがつないだ《赤糸》が、父さんの声を伝えていく。

反対に母さんの脳裏によぎる過去が《赤糸》を伝って俺たちに押し寄せた――

§28.【最後は必ず】

銀水船ネフェウスが帆をいっぱいに張り、銀海を飛び抜けていく。

航海は順調で、目的地は近い。操船する狩猟貴族たちに気負いはなく、皆、リラックスしていた。

百戦錬磨の狩人(かりゅうど)は、力の緩めどきを知っている。狩りに備え、体を休めているのだ。

船内は明るく、時折、談笑の声が聞こえる。その一角に、一つだけ真っ暗な部屋があった。

雨音が響いていた。

本来は、聞こえるはずもない不吉な音が。

ルナ・アーツェノンはそこにうずくまり、怯(おび)えるように耳を塞いでいた。

声が聞こえる。

降りしきる雨音に混ざり、まるで自身の内なる衝動のように。渇望(かつぼう)の声が、どれだけ耳を塞いでも胎内から響き渡った。

――どうして？

――ねえ、どうして？

――どうして、産んでくれないの？

――母よ。

――産んで。

――己を。

――私を産んで、お母さん。

――暗いよ。

――暗い。

――ここは嫌だ。苦しい。

――母よ。俺は。

――生まれることさえ、罪だというのか。

「……ごめんね……。ごめんなさい……」

ルナの瞳から、はらりと涙がこぼれ落ちる。

嗚咽を上げ、泣きじゃくる彼女は、まだ生まれていない我が子に謝り続けていた。

「……あなたを産んであげたいけど……あなたは生まれちゃいけないの……」

ズ、ズ、ズズ、と黒き粒子がルナのお腹から滲み出てくる。まるで形にならない赤子の手が、這いずり出てきて、必死に訴えているかのようだった。

彼女はそれを優しく握る。

「……ごめんね。産んであげられない……ごめんね……」

泣きながら、ルナはその手をぐっとお腹の中に押し戻す。

「……もう少し……」

涙を拭って、彼女は自らに言い聞かせる。

「……大丈夫。男爵様は、きっと霊神人剣を持ってきてくださる。きっと……」

耳を塞ぎ、目を閉じて、ルナは湧き上がる渇望をかろうじて抑え込む。

今日は一段と、声が大きい。もしかしたら、彼女がこれからしようとしていることに、気がついているのかもしれない。

五聖爵が一人、レブラハルドと出会ってから、どれだけの月日が流れたか。

彼女は日に日に強くなる胎内の声に抗い続け、自らの宿命を断ち切る機会を待っていた。

聖剣世界ハイフォリアの象徴、霊神人剣エヴァンスマナは使い手を選ぶ。そして、それを抜いた者のみが、聖剣世界において元首である聖王の王位継承権を得られるのだ。

ゆえに五聖爵は生涯に三度、霊神人剣による選定の儀を授かる。

その順番は身分が上の者より。叡爵、侯爵、伯爵、子爵が一度目の選定に失敗し、男爵であるレブラハルドに、ようやくそれを抜く機会が巡ってきたのだ。彼は必ず霊神人剣に選ばれると約束してくれた。

「きゃっ……！」

大きく船が舵を切り、船体が傾いた。

次の瞬間、爆発音が鳴り響き、振動がルナを襲う。彼女は床に投げ出され、咄嗟に手をついた。《思念通信》が船内中に鳴り響く。

『敵襲っ！　総員、戦闘配置につけっ！』

『敵影確認っ！　災亀ゼーヴァドローンですっ！』

『来おったか、幻獣機関め。このまま速度を落とさず、合流地点へ向かえ！　レブラハルド様は必ずや霊神人剣を手にやってくる。どちらが狩られる側か、奴らに教えてやろうぞっ』

『『『了解っ！』』』

すぐさま戦闘が始まった。

イーヴェゼイノの災亀から隕石が放たれれば、ハイフォリアの銀水船は矢を放って応酬する。

被弾したネフェウスは激しく揺れ、狩猟貴族たちはその補修に追われた。

船の性能は災亀が数段上だ。速やかに撤退するのが望ましいが、彼らはレブラハルドを信じ、進路を変えようとはしなかった。

ルナにできることはなにもない。

ただ祈ることしかできなかった。

そのとき、彼女の船室に一条の光がさした。

ルナは顔を上げる。

ドアがゆっくりと開け放たれ、一人の男の影が見えた。入ってきたのは、見知ったおかっぱ頭の青年だ。

「……パリントン…………」

「姉様、よくご無事で。お待たせしてしまい、申し訳ございません」

パリントンは静かにルナへ駆けよった。

「積もる話は後ほど。まずはここから脱出しましょう」

パリントンはルナの手を引いたが、彼女は動こうとしない。

「……姉様？」

「……待って、パリントン……あのね……」

「大丈夫です。狩人どもは災亀を相手にするのに手一杯。まさか、すでに潜入されていると は思ってもみないはず。今であれば、逃げ出すのは容易いでしょう。さあ」

パリントンは強く手を引き、ドアへ向かおうとする。

ルナはその手を振り払った。彼は立ち止まり、ゆっくりとルナを振り向く。僅かに目を見開いた弟に、彼女は言った。

「……ごめんね、パリントン。ハイフォリアにさらわれたわけじゃないの。わたしが、男爵様にお願いしたの。だから……」

「いいえ」

揺るぎない口調で、パリントンは否定した。

「姉様はハイフォリアに騙されていたのです。それでいいじゃありませんか。ドミニクお祖父様にもそうお伝えします」

ルナが驚いたように目を丸くする。

「知って……」

「勿論、姉様のことはよくわかっています。姉様の気持ちを理解できるのは、同じ《渇望の災淵》につながった僕だけですから」

パリントンは距離を詰め、彼女の目の前で優しく言う。

「どこへ行こうと、なにをしようと、逃げられやしません。僕たちの子は、銀水聖海を滅ぼす獅子となる。姉様も本当はわかっていたはずでしょう？」

パリントンの魔眼から、ルナは視線を外すことができなかった。彼女の不安を、弟は確かに言い当てていたのだ。

「たとえ、宿命を断ち切る霊神人剣でも、僕たちを滅ぼさずにこの宿命だけを断ち切るなんてことはできやしません。それができるのなら、イーヴェゼイノとハイフォリアの戦いは、僕たちが生まれるずっと以前に、もう決着がついていたはずじゃありませんか」

一瞬俯き、けれどもルナは口を開いた。

「……そうかもしれないわ……だけど……」

「覚えてはおりませんか、姉様」

ルナの両肩をつかみ、パリントンは訴える。その両腕は、震えていた。

「……幼き日の約束を。姉弟はずっとそばにいるものと言ってくれたではありませんか……」

彼の瞳から、涙がはらはらとこぼれ落ちていた。

「大きな自由はないかもしれません。子を産むこともできないでしょう。それでも、僕は姉様がいてくれれば、それで十分です」

姉にすがるように、パリントンは震える手にぐっと握る。彼女を引き止めるように、強く、強く――

「どうか……どうか自暴自棄になりませんようにっ……！　このささやかな幸せを、起こりもしない奇跡のために捨て去り、いったいどうしようと言うのですかっ？　僕を見てくださいっ！　僕はお祖父様とは違いますっ！　決して、決して裏切ることはしません。姉様の幸せは確かにここにある。ここにあるのですっ……!!」

心苦しそうな表情を浮かべ、ルナは言う。

「……わかるよ。パリントンの言うことも。馬鹿なことしてるかもしれないって思うわ。だけど、わたし諦められない。信じたいの」

彼女はパリントンの手に、自らの手を重ねる。そうして、夢を見るような顔で、はっきりと告げた。

「最後は必ず、愛が勝つって」

瞬間――ルナが息を飲む。

赤い血が、彼女の顔に飛び散っていた。パリントンが、後ろから矢に射抜かれたのだ。

「イーヴェゼイノの幻魔族めっ！　どこから入ったっ!?」

「離れろっ。彼女は男爵の客人。手出しさせると思うなっ!!」

狩猟貴族たちが次々と弓に矢を番え、一斉に放つ。

「離れるのは――」

パリントンの体から黒き粒子がどっと溢れ、禍々しく渦を巻く。

「――貴様らの方であるっ！！！」

彼の放った魔弾が矢を飲み込んでは爆発し、狩猟貴族諸共、銀水船の一部を吹き飛ばした。

ガラガラと木片が銀の海に落ちていく。その中を猛然と飛び抜け、パリントンは拳を握る。

「ぬぅぅおおおおおぉぉぉぉっ！！！」

応戦してきた狩猟貴族の聖剣を蹴り砕き、渾身の力で顔面を殴り飛ばす。まさにそれは蹂躙であった。次々と集まってくる狩人たちを、彼はその五体と魔力で捻り潰していく。

「……どこに、いるというのですか……？」

殴り、蹴り、魔弾を放ちながらも、パリントンは姉へ言葉を投げかける。

「銀水聖海を滅ぼす獣を産むあなたを、どこの誰が愛してくれると言うのですかっ⁉」

夢から呼び覚ますような鋭い言葉が、ルナの胸に深く突き刺さる。彼女より弱くとも、同じ宿命を抱えた弟にはその現実がよく見えていたのかもしれない。

「霊神人剣があなたの胎を斬り裂き、よしんば宿命を斬り裂いたとて、本当にそれで滅びの獅子は生まれないと言えるのですかっ⁉　《渇望の災淵》をあなたが感じなくなったとて、本当につながりは消えたと確信できるのですかっ？　そんなことは、誰にもわかりはしませんっ‼」

パリントンが放った巨大な魔弾が次々と狩猟貴族たちに降り注ぎ、派手な爆発を巻き起こす。

「自らの子が、得体の知れない獣になるかもしれぬと知り、恐れぬ者がいるのか？　災厄そのものである獣を、愛することのできる強き者がいるのか？　いいえ、姉様、僕は人の弱さをよく知っています」

「おのれぇぇっ、化け物ぉぉっ……がっ……！」

聖剣を振りかぶり突っ込んできた男の土手っ腹を、パリントンは拳で貫いた。

「この銀海をどれだけ探し回ろうと、災禍の淵姫を愛するような、そんな馬鹿な男は、見つかるはずがないではありませんかっ！」

激情に駆られ、自らの渇望に突き動かされるように、パリントンが叫ぶ。

ルナは、唇を噛み、瞳いっぱいに涙を溜める。

だが、それも束の間、彼女ははっとなにかに気がつくと、突き動かされるように空を飛んだ。

パリントンの意識が戦いから逸れたその瞬間、銀水船の瓦礫に隠れていた狩猟貴族たちが、四方から渾身の矢を放っていたのだ。

聖なる光に包まれた矢が彼の四肢を貫いた。それには鎖がつけられており、射貫いた手足を束縛する。

「こんなもので――」

彼は力尽くでその鎖を引きちぎろうとする。

それを狙いすましたかのように、背後から、神々しい光の矢が飛んできた。これまでに放たれたものとは次元が違う。

「パリントンッ！」

必死に飛んだルナは、弟の背中に降り立ち、手を広げた。赤い血が、ぽたりと銀水船にこぼれ落ちる。

パリントンを庇うように立ち塞がったルナの腹が、光の矢に貫かれていた。

「……姉様…………？」

がっくりとルナが、甲板に膝をつく。

「……ねえ……パリントン……」

光の矢が、ルナの傷口に飲み込まれていく。《渇望の災淵》が彼女の胎内とつながりを強くしている。

「……それでも、わたしは信じたい。どこかで、誰かが、わたしのことを、待ってるんだって……わたしでもいいって言ってくれる人が、どこかに……」

彼女のお腹を中心にして、深き闇が広がっていく。パリントンの四肢を縛った鎖と矢が、そこに飲み込まれた。

「ごめんね。さようなら」

最後の力を振り絞るように、ルナはパリントンに魔法陣を描く。

「姉様。待ってくださ――」

声よりも速く、パリントンの体が闇に押され、遥か遠くへ吹き飛ばされた。

ルナを中心としてその深き闇、《渇望の災淵》がますます広がっていき、音も立てずに銀水船を飲み込み始めた。

それだけではない。イーヴェゼイノの船、災亀ゼーヴァドローンも闇に引き寄せられるように、ルナのもとへ向かってきた。

幻魔族たちが、災亀を捨て、この海域を離脱していくのが見える。

「……災亀が……飲まれていく……」

「なんだ……？　これは……？　この禍々しい滅びの力は……」

「体が……動かん……」

「このままでは……」

離脱しようとした狩猟貴族たちは、途中で闇につかまり、身動きをとることすらできず、飲まれ始める。

暴走する力を、ルナには押さえることができない。彼女はただ一点を見つめ、ひたすらに待った。

信じていた。

きっと、彼は時間通りにやってくる。

そういう人だと。

約束を守る人だと。

ルナは信じていた。

そして、確かに見えたのだ。

一筋の光明が。

彼方からやってきたのは銀水船ネフェウス。船首に立つは五聖爵が一人、レブラハルド。その手に神々しく輝くのは霊神人剣エヴァンスマナであった。

「……来てくれたのね……男爵様……」

銀水船ネフェウスはまっすぐルナのもとへ向かい、広がり続ける闇の中に入った。

「そなたらの聖剣にて、我が王道を切り開け」

「「「レブラハルド卿の勝利のために！」」」

銀水船に乗った狩猟貴族たちがそれぞれ聖剣を抜き放ち、頭上に掲げる。上方へ向けて、聖なる光が立ち上った。

「「「《破邪聖剣王道神覇》ッッッ！！！」」」

船の甲板にて、狩猟貴族数十名が振り下ろした聖剣が神々しいまでの光を放つ。その輝きが闇を斬り裂き、純白の道を作り出した。

ルナに向かってまっすぐ伸びていくその道は、しかし途中で闇に飲まれ、途切れてしまう。船に乗っているのは、いずれも手練れの狩人たち。その聖剣は、ハイフォリアでも高位のものばかりだ。

しかし、その聖なる光ですら飲まれてしまうほどに《渇望の災淵》は深かった。

「残り一〇〇、いや五〇でいい。届かないか？」

レブラハルドが部下に問う。

「……やっては……いるのですが…………」

「……想定より遙かに、滅びの力が強く…………」

光の道を延ばすどころか、そのまま維持するのもやっとという有様だった。時間をかければ、その分だけ、道は逆に短くなるだろう。

あの闇を突破するのは、レブラハルドとて容易なことではない。それに力を費やせば、本来の目的を果たすことができなくなる。しかし、他に方法がなかった。

「行くしかない、か」

レブラハルドが霊神人剣を握る。と、そのとき、なにかが彼らの船を通りすぎた。

目にも映らぬ速度で直進するそれは、《渇望の災淵》をものともせずに貫き、瞬く間に闇を払った。

「これ、は…………？」

「いったい、なにが……？」

道が開かれた。

彼らの前に、災禍の淵姫へと続く道が。

「例の子供か。災淵の檻に囚われし姫を救いに来たのだろう」

レブラハルドは笑い、開かれた道へ飛び出した。

「ジェインの恩人よ。私はハイフォリア五聖爵が一人、レブラハルド・フレネロス。我が友が受けた義に従い、災禍の淵姫ルナ・アーツェノンを今こそ宿命から解き放つ！」

光の尾を引きながら、レブラハルドはまっすぐ飛ぶ。黄金の柄と蒼白の剣身を持つ霊神人剣エヴァンスマナは、キラキラと星の瞬きに似た光を振りまいていく。

レブラハルドの魔力が無と化し、彼は剣身一体と化す。

「……待て…………待てぇぇぇぇっ、レブラハルド…………！！！」

叫んだのは、パリントンだ。彼は我が身が飲み込まれるのも構わず、レブラハルドを追って、闇へ突っ込んでいく。

だが、届かない。

「霊神人剣、秘奥が肆――」

彗星の如く光の尾を引いて飛んでいくレブラハルドは、エヴァンスマナを大きく振りかぶる。

「――《天覇王剣》」

闇を斬り裂く、蒼白の剣閃。その刃は、《渇望の災淵》ごとルナ・アーツェノンの胎を斬り裂いていた。血が溢れ、黒き粒子が荒れ狂って、寸前のところでその刃を防いでいる。

深淵から溢れ出すは、渇望という渇望が混濁した水、その滅びの力が、荒れ狂い、エヴァンスマナの放つ蒼白の輝きと鬩ぎ合う。

ミシミシと霊神人剣に亀裂が入った。

「……はぁあっ……‼」

レブラハルドは最後の力を振り絞り、その剣を振り下ろす。鈍い音を立てて、霊神人剣が根本から折れ、ルナの体から溢れる闇が止まった。

「……ありが……とう……」

微かな呟きを漏らし、彼女は折れた霊神人剣とともに銀水聖海の水流に飲まれ、落ちていく。

魔力は途絶え、その根源は今にも滅びる寸前だった。

「……貴……様………」

闇の中から、パリントンの声が響く。

「貴様、貴様、貴様ぁぁぁぁぁ、レブラハルドォォォォォォォォォォォォォォッッ‼‼」

途方もない憤怒。怒りを煮詰めたような怒声が、銀の海に響き渡る。レブラハルドは僅かに視線を落とす。微かに灯りが明滅した。

ルナが落ちていった方角、そこには銀水聖海においてまだ生まれていないとされる銀泡――泡沫世界が見えていた。

§29．【異変】

《渇望の災淵》。

俺は樹海の枝葉を抜け、そのままアイオネイリアへ降下していく。船の大地では、父さんが母さんを抱き抱えながら、心配そうに見守っている。

「……どこかで……誰かが……わたしのことを……」

僅かに、母さんは目を開く。絶望を貼りつけたような表情で、苦しげに言葉を発した。

「……待ってるだなんて……信じて疑わずに、こんなに遠いところまで来て、わたしは、世間知らずだった……」

焦点の定まらない瞳で、母さんは遠い過去を見ている。

「……わたしでもいいって言ってくれる人を……甘い言葉をかけてくれる人を……わたしは探してた……恋に恋してたのね……目を背けたかったのかな……現実から……。わたしの子は、銀水聖海を滅ぼす、災厄で……」

「イザベラッ。大丈夫だ。大丈夫だぞ」

父さんはきつく母さんの肩を抱き、呼びかける。

「なあ、出会っただろ、俺たちは。覚えてるか？　アゼシオンのロウザ村だ。なんにもない辺境でさぁ。教会の中でお前が──」

ふと、母さんの視線が、父さんを捉える。

「……イザベラ？」

「──あなたは誰？」

父さんが呆然とする。

「どうしてここにいる……の……？」

言葉が途切れ、母さんはふっと脱力してまた気を失った。

「大丈夫だ。なんの心配もいらないぞ、イザベラ」

意識のない母さんに、父さんは優しく語りかけている。

俺は樹海船の地面に着地し、母さんの額に手を触れた。熱は多少下がったか。

胎内で暴れていた《渇望の災淵》は、その力を弱めている。記憶を思い出しつつある母さんが、《渇望の災淵》を無意識の内に制御しているのやもしれぬ。

容態は順調に回復しているといえば回復しているのだが──

『アノス』

パリントンからの《思念通信》だ。

『研究塔への潜入に成功した。そちらでも確認できたかもしれぬが、どうやら二律僭主は狂獣部隊と交戦していたようである。不可侵領海が相手では、生きているかわからぬが、暗殺偶人はそちらへ回す』

軍師レコルとバルツァロンドの部下は、イーヴェゼイノがフォールフォーラル滅亡の首謀者である証拠を探す。

狂獣部隊がそれに関わっているのなら、彼らが上手く自白させるだろう。研究塔へ入ったパリントンの狙いは所長のドミニクだ。

『姉様の容態はどうであるか？』

「《渇望の災淵》についてはは落ちついたようだが、今度は《赤糸》の影響が大きく出ている。父さんを認識できなかった」

『……記憶が上書きされようとしているのであろう……。今はまだ《記憶石》の効力に引きずられ、一時的にそうなっているだけではあるが……』

このままでは、完全にイザベラとしての記憶が消えてしまう、か。

『……アノスとグスタを《赤糸》でくくっているが、姉様がルナ・アーツェノンとして生きた日々は二万二〇〇〇年。ミリティア世界での今の生よりも遥かに長いはずだ……』

「ルナ・アーツェノンの記憶が、優勢ということか？」

『……残念ながら……』

まだ時間はある。それまでに懐胎の鳳凰を滅ぼし、《赤糸》を切ってしまえばよい。

「な、なあにそう深刻になるなっ。大丈夫だっ！　俺とイザベラは一〇年も二〇年も一緒にいるんだからな！」

俺たちを元気づけるように父さんが言う。

『グスタよ。話を聞いていなかったか？　姉様がルナ・アーツェノンとして生きた日々は、二万二〇〇〇年なのである』

「二万がどうした？　俺の愛は一億倍だから、二〇〇億年一緒にいる！」

父さんの暴論に、パリントンが絶句する。

「くはは。父さん、それなら一〇億倍だ」

「お、おう……そうか……ま、まあ、とにかくだ！　年月とか、そういうんじゃ俺とイザベラの絆(きずな)は測れねえっ。絶対、大丈夫だ」

父さんは、母さんをぎゅっと抱きしめる。その想(おも)いに呼応するように、結ばれた《赤糸》が金に輝いていた。

「とのことだ。問題あるまい」

『……本気で言っているのであるか？』

パリントンは怪訝(けげん)そうだ。

「いずれにせよ、懐胎の鳳凰(ほうおう)を滅ぼせばそれで終わりだ。二律僭主が暴れてくれたおかげで、研究塔の警備も手薄となっている」

父さんと母さんに反魔法と魔法障壁を展開し、更に《飛行(フレス)》をかけた。二人を飛ばし、同時に俺も飛んで、一気に樹海船の外へ出た。

「ドミニクは研究塔の最下層にいるんだったな？」

雷貝竜ジェルドヌゥラの貝殻は、口を開いている。しかし、入り口であるそこは通り過ぎ、俺は縦に長いその研究塔の外側に沿い、まっすぐ《渇望(かつぼう)の災淵(さいえん)》を降下していく。

『その通りであるが、警備は手薄とはいえ、最短でも一〇分はかかる。もしも、昔と構造が変わっているならば、それ以上を要するだろう。アノスは今どこにいるのだ？』

「まもなく最下層だ」

『なに……？』

長大な貝殻の終わりが見えてきた。頑強な雷貝竜の貝だ。下層部はとりわけ分厚い。本来は壊して入ることはそうそうできぬのだろうが、先の《掌魔灰燼紫滅雷火電界》で亀裂が入っている。

そこが狙いだ。

二律剣に黒き粒子を纏わせ、《飛行》の勢いのまま、研究塔の下層部へ突き刺した。貝殻は砕け散り、俺は研究塔の内部へ侵入を果たす。破壊された箇所から、大量の水が塔の中へ入ってくるため、《創造建築》で壁を補修する。水の流入がほぼ止まった。

辺りを見回す。

建物の素材は、すべてジェルドヌゥラの貝殻でできているようだ。パリントンに引きつけられているのか、外から壁を破壊されることを想定していないのか、幻魔族たちはこの最下層エリアにはいない。

足元に魔法陣を描き、仮面と外套から魔王学院の制服に着替えた。《変幻自在》で隠蔽しているとはいえ、父さんと母さんを連れていれば、俺が何者かは察しがつくだろう。

二律僭主を演じていたことは、知られぬ方がよい。

それに、ドミニクがアーツェノンの滅びの獅子を研究したいのならば、狙いは俺をおいて他にあるまい。

貴重な研究材料に暴れられても困るはずだ。

正体を曝した方が交渉はしやすい。あるいは、母さんを助ける条件を引き出せるやもしれぬ。

もっとも、奴が骨の髄まで狂気に囚われているなら、話し合いなど通じぬだろうがな。

俺はゆるりと研究塔の通路を進んでいく。

その後ろを、《飛行》で浮かべた二人がついてくる。

パリントンの話では、ドミニクはここで研究漬けだ。となれば、それなりの魔法設備が必要となろう。自ずと場所は限られる。

慎重に魔眼を巡らせたが、罠はない。やがて、目の前に扉が見えた。隠しきれぬ魔力が、室内から溢れ出している。

恐らく、ここがドミニクがいる魔導工房だ。

鍵がかかっている。かなり強力な魔法錠だ。《解錠》を使ったが、開かぬ。解析は失敗していない。浅層世界の解錠魔法では力が及ばぬようだな。

「仕方あるまい」

拳を軽く握れば、そこに黒き粒子が螺旋を描く。ゆるりと振りかぶり、目の前の扉を激しく打ちつけた。

破裂音とともに、頑強な二枚の扉が弾け飛ぶ。底冷えするほどの冷気が、こちらに溢れ出してきた。

内部は工房らしく、そこかしこに魔法陣の描かれた部屋だ。ガラスの円柱が幾本も立っており、その中に見たこともない生物がいる。

授肉した幻獣だろう。部屋の中央には、黒く分厚い氷の柱が立っていた。魔法陣から光が照射され、漆黒の氷の中に人影が浮かんで見えた。

眠っている。感じるのは、膨大な魔力。二律剣が震え、主神の力を感知している。

災人イザークか？　ここにいるという情報はなかったな。

それに、どういうことだ、これは？

魔法陣から照射されている光は、漆黒の氷柱を溶かす熱線だ。まるで中にいる者を無理矢理起こそうとしているかのようだ。

「ふむ。イーヴェゼイノは、災人イザークを起こしたくないと聞いていたが？」

言葉を飛ばす。

俺が視線を向けた方向には、椅子があった。

こちらに背を向ける格好で、そこに男が座っている。この魔導工房に入れるのは、一人だけ。

「会いに来てやったぞ、ドミニク」

俺の声に、しかしドミニクはなにも言わない。椅子に座り続けたまま、微動だにしなかった。

魔眼を凝らしても、殆ど魔力を感じられない。

力を抑えているのか、いや、これは違う。

俺はまっすぐその椅子まで歩いていく。そうして、正面からその男を見た。

「なかなかどうして、厄介なことだ」

母さんの記憶と同じ、白い法衣を纏った男だ。顔の造形は若いものの、不気味なほどに土気色で、生気が殆ど感じられない。

その体には、一〇本の聖剣が刺さっている。至近距離でその深淵(しんえん)を覗(のぞ)けば、微(かす)かに残された最後の一滴の魔力がふっとこぼれ落ちる。たった今、そこにあった根源が確かに消えた。

俺の目の前で、ドミニク・アーツェノンは滅び去ったのだ。

続く

あとがき

アノスの父親の過去編は書いたので、母親の過去編も書きたいということで着手しましたのがこの十二章です。彼女がどのように育ち、誰と出会い、そしてどうやってセリスと恋に落ちるのか。書きたいことが沢山あり、今回は上下巻という長い話になりました。

沢山の謎がちりばめられた上巻、それが紐解かれていく下巻という構成で、今の時点では多くを語ることができませんが、ぜひぜひ続きを楽しみにしていただけましたら、とても嬉しいです。

十二巻上と同日発売になりました『魔法史に載らない偉人』について、少しお話をさせていただけたらと思います。『魔法史』は第五回漫画脚本大賞を受賞した作品で、講談社様の漫画アプリ、マガポケで連載している漫画作品です。今回発売された小説は、その漫画原作を小説化したノベライズという扱いになります。この漫画の原作も私が担当しておりましたもので、どうせならとこうしてノベライズすることとなりました。

学位を持たない天才魔導師アインが、孤児の娘シャノンを養子にしたことを契機に、世紀の大発明を行う。だが、二人の周囲には様々な陰謀が渦巻いていて……というお話です。

家族愛や魔法研究を題材にした物語を書いてみたいなという風に思ったのが発端でした。

思わず笑ってしまいそうな突拍子もない子どもの言動が、孤高の天才魔導師の心をときに解きほぐし、ときに振り回す、心温まる団欒。もしも魔法があったなら、それは私たちの暮らしでいう科学のような役割を担うのか。その違いはなんだろう。ワクワクする冒険と、目を見張る大発明、権力におもねらない天才の胸をすく言動、魔法を使ったド派手なバトルシーン。様々な絵と構想が頭の中に浮かび、それを物語にすることに一生懸命になりました。

　また今回、新たな試みとして、３Ｄモデルとモーションキャプチャを用いて私が漫画のネームを作成しています。原作の意図を十分に伝えるための措置ですが、作画担当の外ノ先生に素晴らしい漫画を描いていただいたこともあり、とても満足のいく作品に仕上がりました。

　漫画一巻も本作と同時期、８月９日頃に発売する予定ですので、ノベライズともども手に取っていただけましたらこんなに嬉しいことはありません。

　さて、今回もイラストレーターのしずまよしのり先生には、大変素晴らしいイラストを描いていただきました。コーストリアやパリントンを目にすることができ、感無量です。

　また担当編集の吉岡様にも大変お世話になりました。ありがとうございます。

　最後になりますが、本作をお読みくださいました読者の皆様に心よりお礼を申し上げます。

　下巻も頑張って参りますので、どうぞよろしくお願い申し上げます。

二〇二二年　六月一五日　秋

●秋著作リスト

「魔王学院の不適合者 ～史上最強の魔王の始祖、転生して子孫たちの学校へ通う～ 1～12〈上〉」（電撃文庫）

「魔法史に載らない偉人 ～無益な研究だと魔法省を解雇されたため、新魔法の権利は独占だった～」（同）

本書に対するご意見、ご感想をお寄せください。

ファンレターあて先
〒102-8177　東京都千代田区富士見2-13-3
電撃文庫編集部
「秋先生」係
「しずましのり先生」係

本書は、「小説家になろう」に掲載された『魔王学院の不適合者　～史上最強の魔王の始祖、転生して子孫たちの学校へ通う～』を加筆修正したものです。

電撃文庫

魔王学院の不適合者 12〈上〉
～史上最強の魔王の始祖、転生して子孫たちの学校へ通う～

秋

◇◇◇

2022年8月10日　初版発行

発行者	青柳昌行
発行	株式会社KADOKAWA 〒102-8177　東京都千代田区富士見2-13-3 0570-002-301（ナビダイヤル）
装丁者	荻窪裕司（META＋MANIERA）
印刷	株式会社暁印刷
製本	株式会社暁印刷

●お問い合わせ
https://www.kadokawa.co.jp/（「お問い合わせ」へお進みください）
※内容によっては、お答えできない場合があります。
※サポートは日本国内のみとさせていただきます。
※ Japanese text only

※定価はカバーに表示してあります。

ISBN978-4-04-914532-8　C0193　Printed in Japan

電撃文庫　https://dengekibunko.jp/

電撃文庫創刊に際して

文庫は、我が国にとどまらず、世界の書籍の流れのなかで〝小さな巨人〟としての地位を築いてきた。古今東西の名著を、廉価で手に入りやすい形で提供してきたからこそ、人は文庫を自分の師として、また青春の想い出として、語りついできたのである。

その源を、文化的にはドイツのレクラム文庫に求めるにせよ、規模の上でイギリスのペンギンブックスに求めるにせよ、いま文庫は知識人の層の多様化に従って、ますますその意義を大きくしていると言ってよい。

文庫出版の意味するものは、激動の現代のみならず将来にわたって、大きくなることはあっても、小さくなることはないだろう。

「電撃文庫」は、そのように多様化した対象に応え、歴史に耐えうる作品を収録するのはもちろん、新しい世紀を迎えるにあたって、既成の枠をこえる新鮮で強烈なアイ・オープナーたりたい。

その特異さ故に、この存在は、かつて文庫がはじめて出版世界に登場したときと、同じ戸惑いを読書人に与えるかもしれない。

しかし、〈Changing Times,Changing Publishing〉時代は変わって、出版も変わる。時を重ねるなかで、精神の糧として、心の一隅を占めるものとして、次なる文化の担い手の若者たちに確かな評価を得られると信じて、ここに「電撃文庫」を出版する。

1993年6月10日
角川歴彦

電撃文庫DIGEST　8月の新刊

発売日2022年8月10日

魔王学院の不適合者12〈上〉
～史上最強の魔王の始祖、転生して子孫たちの学校へ通う～
著／秋　イラスト／しずまよしのり

世界の外側《銀水聖海》へ進出したアノス達。ミリティア世界を襲った一派《幻獣機関》と接触を果たすが、突然の異変がイザベラを襲う――第十二章《災淵世界》編、開幕!!

新作
魔法史に載らない偉人
～無益な研究だと魔法省を解雇されたため、新魔法の権利は独占だった～
著／秋　イラスト／にもし

優れた魔導師だが「学位がない」という理由で魔法省を解雇されたアイン。直後に魔法史を揺るがす新魔法を完成させた彼は、その権利を独占することに――。『魔王学院の不適合者』の秋が贈る痛快魔法学ファンタジー！

男女の友情は成立する?(いや、しないっ!!) Flag 5.じゃあ、まだ30になってないけどアタシにしとこ?
著／七菜なな　イラスト／Parum

東京で新たな仲間と出会い、クリエイターとしての現在地を知った悠宇。しかし充実した旅の代償は大きくて……。日葵と凛音への嘘と罪に向き合う覚悟を決めた悠宇だったが――１枚の写真がきっかけで予想外の展開に？

新・魔法科高校の劣等生
キグナスの乙女たち④
著／佐島 勤　イラスト／石田可奈

『九校戦』。全国の魔法科高校生が集い、熾烈な魔法勝負が繰り広げられる夢の舞台。一高の大会六連覇のために、アリサや茉莉花も練習に励んでいた。全国九つの魔法科高校が優勝という栄光を目指し、激突する！

エロマンガ先生⑬
エロマンガフェスティバル
著／伏見つかさ　イラスト／かんざきひろ

マサムネと紗霧。二人の夢が叶う日が、ついにやってきた。二人が手掛けた作品のアニメが放送される春。外に出られるようになった紗霧の生活は、公私共に変わり始める。――兄妹創作ラブコメ、ついに完結！

新説 狼と香辛料
狼と羊皮紙Ⅷ
著／支倉凍砂　イラスト／文倉 十

いがみ合う二人の王子を馬上槍試合をもって仲裁したコル。そして聖典印刷の計画を進めるために、資材と人材を求めて大学都市へと向かう。だがそこで二人は、教科書を巡る学生同士の争いに巻き込まれてしまい――!?

三角の距離は限りないゼロ8
著／岬 鷺宮　イラスト／Hiten

二重人格の終わり。それは秋玻／春珂、どちらかの人格の消滅を意味していた。「「矢野君が選んでくれた方が残ります」」彼女たちのルーツを辿る逃避行の果て、僕らが見つけた答えとは――。

この△(さんかく)ラブコメは幸せになる義務がある。2
著／榛名千紘　イラスト／てつぶた

生徒会長選挙に出馬する麗良、その応援演説に天馬は凜華を推薦する。しかし、ポンコツ凜華はやっぱり天馬を三角関係に巻き込んで……!?　もっとも幸せな三角関係ラブコメ、今度は麗良の「秘密」に迫る!?

エンド・オブ・アルカディア2
著／蒼井祐人　イラスト／GreeN

《アルカディア》の破壊から２ヶ月。秋人とフィリアたちは慣れないながらも手を取り合い、今日を生きるための食料調達や基地を襲う自律兵器の迎撃に追われていた。そんな中、原因不明の病に倒れる仲間が続出し――。

楽園ノイズ5
著／杉井 光　イラスト／春夏冬ゆう

『一年生編完結』――高校１年生の締めくくりに、ライブハウス『ムーンエコー』のライブスペースで伽耶の中学卒業を記念したこけら落とし配信を行うことに。もちろんホワイトデーのお返しに悩む真琴の話も収録！

隣のクーデレラを甘やかしたら、ウチの合鍵を渡すことになった4
著／雪仁　イラスト／かがちさく

夏臣とユイは交際を始め、季節も冬へと変わりつつあった。卒業後の進路も決める時期になり、二人は将来の姿を思い描く。そんな時、ユイの姉ソフィアが再び来日して、ユイと一緒にモデルをすると言い出して――

僕らは英雄になれるのだろうか2
著／鏡銀鉢　イラスト／motto

関東校と関西校の新入生による親善試合が今年も開催され、大和達は会場の奈良へと乗り込んだ。一同を待ち構えていたのは街中で突如襲来したアポリアと、それらを一瞬で蹴散らす実力者、関西校首席の炭黒亞墨だった。

新作
チルドレン・オブ・リヴァイアサン 怪物が生まれた日
著／新 八角　イラスト／白井鋭利

2022年、全ての海は怪物レヴィヤタンに支配されていた。民間の人型兵器パイロットとして働く高校生アシトは、ある日国連軍のエリート・ユアと出会う。海に囚われた少年と陸に嫌われた少女の運命が、今動き出す。

エンド・オブ・アルカディア

死ぬことのない戦場で
死に続けた彼と彼女の、
邂逅と共鳴の物語！

蒼井祐人 【イラスト】――GreeN

Yuto Aoi

END OF ARCADIA

彼らは安く、強く、そして決して死なない。
究極の生命再生システム《アルカディア》が生んだのは、複体再生〈リスポーン〉を駆使して戦う１０代の兵士たち。戦場で死しては復活する、無敵の少年少女たちだった――。

電撃文庫

ラブコメ史上、
もっとも幸せな三角関係！
これが三角関係ラブコメの到達点！

平凡な高校生・矢代天馬はクールな美少女・皇凜華が幼馴染の椿木麗良を溺愛していることを知る。天馬は二人がより親密になれるよう手伝うことになるが、その麗良はナンパから助けてくれた彼を好きになって……!?

電撃文庫

SWORD ARt ONLINE

ソードアート・オンライン

川原 礫
イラスト／abec

「これは、ゲームであっても遊びではない」

《黒の剣士》キリトの活躍を描く
究極のヒロイック・サーガ！

電撃文庫